Rosana Rios e João Schleich

Uma Espada Celta

1ª edição / Porto Alegre-RS / 2022

Capa e projeto gráfico: Marco Cena
Produção editorial: Bruna Dali e Maitê Cena
Revisão: Simone Borges
Produção gráfica: André Luis Alt

Dados Internacionais de Catalogação na Publicação (CIP)

R586e   Rios, Rosana
                Uma espada Celta. / Rosana Rios, João Schleich ;
                Ilustrações: Marco Cena. – Porto Alegre: BesouroBox, 2022.
                240 p. : il.; 16 x 23 cm.

           ISBN: 978-65-88737-89-7

                1. Literatura infantojuvenil. I. Título. II. Schleich, João.
           III. Cena, Marco.

CDU 82-93

Bibliotecária responsável Kátia Rosi Possobon CRB10/1782

Copyright © Rosana Rios e João Schleich, 2022.

Todos os direitos desta edição reservados a
Edições BesouroBox Ltda.
Rua Brito Peixoto, 224 - CEP: 91030-400
Passo D'Areia - Porto Alegre - RS
Fone: (51) 3337.5620
www.besourobox.com.br

Impresso no Brasil
Setembro de 2022.

SUMÁRIO

Prólogo..7

Capítulo I...9

Capítulo II...17

Capítulo III..27

Capítulo IV..33

Capítulo V...41

Capítulo VI..49

Capítulo VII...61

Capítulo VIII...69

Capítulo IX..87

Capítulo X..103

Capítulo XI...119

Capítulo XII..139

Capítulo XIII...157

Capítulo XIV...175

Capítulo XV..189

Capítulo XVI...209

Capítulo XVII..227

Epílogo...235

PRÓLOGO
Uma aldeia na Gália Transalpina, 82 a.C. Inverno.

Um manto de neve cobrira a aldeia durante a noite. Apesar de o ar amanhecer gelado, Maronartos, o ferreiro, nunca sentia frio; passava tempo demais junto à forja. E naquela noite não se afastara de lá, ignorando os resmungos da mulher sobre como ele perturbava a paz da aldeia com os poderosos golpes do malho sobre o aço em plena madrugada.

Aquela espada o fascinava. Desde que começara a forjá-la, ele se esquecia até de comer ou dormir; sabia que não se afastaria dali enquanto não a visse pronta. O rapaz que havia encomendado a espada, com o sonho de tornar-se um grande guerreiro, trouxera-lhe metal que caíra do céu. Ele seguira o rastro de fogo que havia riscado o mar de estrelas na noite e encontrara material suficiente para forjar várias espadas. Uma seria dele; o resto do metal ficaria como pagamento para o ferreiro.

Faltava pouco agora. Maronartos usou as tenazes para segurar o metal estelar, avermelhado pelo fogo, e mergulhá-lo no tonel cheio. O chiado e o vapor, produzidos pelo contato do mineral incandescente com a água, sempre lhe transmitiam uma sensação extraordinária.

Ergueu a lâmina, apreciando o próprio trabalho. Aquela não seria uma espada qualquer. Seu velho mestre, ao vê-lo traçando os canais paralelos no aço, resmungara sobre a geometria incomum. Maronartos, contudo, guiava-se por um sonho que tivera com os deuses. Estava fabricando uma arma temível. Entre os dois gumes, por mais de dois terços da lâmina, em direção à ponta, corriam três sulcos paralelos, para deixá-la mais leve e resistente. E, no terço final, erguia-se uma pequena crista, criando um formato diamantino; isso aumentaria a força com que seu portador acertaria o inimigo.

Depositou a lâmina sobre a bigorna e sorriu. Ainda era bruta, mas o ferreiro podia imaginá-la depois de polida, afiada e dotada de empunhadura dupla, ricamente trabalhada.

Seria digna de um guerreiro nobre. Até de um príncipe. Um rei.

Saiu da forja por alguns instantes, deixando o olhar viajar pelas casas simples da aldeia que despertava, amortecida pela cobertura de neve. Maronartos refletiu. Conhecia apenas uma pessoa, naquela região da Gália, digna de portar tal arma.

Ele a mostraria a toda a gente. Faria com que todos soubessem que naquela aldeia, naquele inverno, uma espada única estava sendo forjada.

Uma espada que deixaria marcas na História.

CAPÍTULO I
Dias atuais

A espada era linda!

Gina quase não conseguia tirar os olhos da mesa. Uma placa dizia que aquele era um "sabre de cavalaria de lâmina reta" e pertencera a um oficial brasileiro que lutara na Guerra do Paraguai; poderia até ter sido usado pelo famoso Conde d'Eu, marido da princesa Isabel.

"Será verdade?", ela pensou, esquecendo o tédio que, até aquele momento, marcara a visita organizada por seu colégio ao Museu de História.

O lugar tinha fama de ser um mausoléu empoeirado, e não ajudava muito o fato de que a professora Narivalda não se dera ao trabalho de explicar nada antes da excursão. Ela dissera apenas que a presença no período da tarde valeria um ponto a mais na média dos alunos. Por isso, todos compareceram; mas a maioria andava rapidamente pelas salas de exibição, rezando pela hora de voltar ao ônibus. Não percebiam que caminhavam em meio a pedaços do passado: objetos fascinantes carregados de História, que os levariam a uma viagem no tempo, se quisessem!

Gina pensava nisso enquanto, como os colegas, desviava-se das colunas com cartazes que diziam "Museu Histórico" ou "Patrocínio da Fundação Von Kurgan" e calculava quanto tempo ainda teria de suportar aquilo.

De repente... vira a última das armas expostas, que a havia atraído como por magia.

As luzes ali eram um tanto fracas, mas, mesmo assim, faziam reluzir os objetos. Havia joias e medalhas sob as vitrines; apenas as armas estavam sem a cobertura de vidro, dispostas na mesa sobre um forro de veludo vermelho. Podia-se ver, porém, que estavam presas por cabos de aço ocultos nas dobras do veludo.

– Incrível! – ela murmurou, aproximando-se mais e tocando de leve a empunhadura.

Com a lâmina brilhante e afiada, o tal sabre era o objeto mais incrível que Gina encontrara em seus treze anos de vida. E, coisa bizarra: ela tinha certeza de já ter visto aquilo antes!

Claro, sabia que seu falecido avô era historiador e tinha sido funcionário daquele museu, um dos mais antigos da cidade. Seu Basílio costumava reunir os dois, Gina e Mauro, seu irmão mais velho, para contar histórias dos tempos do Império cheias de intrigas, mistérios, batalhas e fatos emocionantes. Mostrava-lhes ilustrações em livros e fotos que ele mesmo fizera em suas pesquisas.

Talvez a garota tivesse visto alguma fotografia daquela espada nos álbuns do avô!

"Preciso descobrir onde guardaram as fotos antigas", pensou. "Elas têm de estar em algum canto!" Desde a morte de seu Basílio, quase ninguém falava nele em sua casa.

Fotografia nenhuma, contudo, explicaria sua fascinação nem a sensação de que aquela arma lhe pertencia.

Afiada, elegante, a lâmina de um cavaleiro; podia imaginar-se a brandi-la no auge de uma batalha, como em cenas dos épicos que assistia no cinema e na tevê.

Viu marcas na lâmina, apesar da excelente restauração: aquela espada devia ter tirado muitas vidas, e salvado vidas também. Cada marca que o restaurador disfarçara podia estar ligada a um fato histórico importante.

Já ia fechar o punho em volta dela quando uma voz desagradável às suas costas bradou:

– O que está fazendo? Saia já daí, garota!

Um puxão pelo braço a afastou da mesa e ela se viu diante de um sujeito muito mal-encarado, que usava o uniforme dos funcionários do museu, com crachá e tudo. O homem não parava de resmungar coisas incompreensíveis entre os dentes amarelos e saltados, misturando-as a broncas em que Gina entendia apenas as palavras "absurdo", "proibido" e "mocinha".

Mal conseguiu dizer um "desculpe" sem graça, e a professora Narivalda já estava a seu lado, puxando-a pelo braço esquerdo e juntando suas invectivas às do homem.

– Tinha de se meter em encrenca, hein, Gina?! O que foi que você fez, agora? E o que está fazendo aqui, ainda? Volte já para o ônibus! O senhor me desculpe, isso não vai se repetir.

Entre as ordens da professora e as exclamações do homem, que agora falava com ela gesticulando e apontando-a, a adolescente deu uma última olhada para a bela espada e foi saindo da sala, entre as risadinhas dos outros alunos. Aquilo não ia ajudar nem um pouco a melhorar sua popularidade no colégio... e podia apostar que também não receberia o ponto extra na média.

"Justamente o que eu precisava", pensou com um suspiro, enquanto duas das patricinhas da classe a empurravam nas escadas da entrada do museu. Tropeçou nos cordões dos tênis e só não caiu porque se segurou em mais uma coluna com cartazes da tal Fundação Von Kurgan.

Foi para o ônibus escolar e ficou esperando os colegas que faltavam.

– Isso foi injusto – resmungou consigo mesma. – Eu mal encostei na espada! Por que aquele sujeito ficou tão furioso?

Relembrou as frases ininteligíveis do homem, seus dentes amarelados, o crachá – podia revê-lo nitidamente na memória: dizia "Mshklift" ou coisa parecida. Isso lá era nome de gente?

Suspirou de novo, sabendo que viraria motivo de piada na escola. Mas, coisa estranha: tanto aborrecimento não apagava de seu coração a emoção que sentira ao tocar o sabre de cavalaria.

Decididamente, precisava descobrir onde vira aquela espada antes.

Território dos Arvernos, Gália, 53 a.C.

A chuva já durava semanas, transformando o acampamento de campanha em um verdadeiro pântano. Nas barracas e tendas, alguns guerreiros dormiam, ignorando a apreensão que seria sensato sentir após a convocação incomum. Dizia-se que os druidas haviam convocado a reunião; os reis de todas as tribos da Gália já estavam ali, e a cada dia chegavam mais grupos de homens armados.

Entretanto, os que não conseguiam dormir aproveitavam a noite como podiam, lutando contra o frio junto às fogueiras que tinham sido usadas para preparar a refeição da noite. Alguns, apesar da chuva e do vento, ainda insistiam em tentar se concentrar nos jogos de tabuleiro ou de dados. Esses eram a minoria, já que a maior parte dos guerreiros preferia grupos mais animados, em que se entoavam velhas canções de guerra sobre os feitos de deuses e heróis ancestrais. Muitos acompanhavam o ritmo com um chifre ou uma caneca cheios de cerveja forte e escura.

À volta de uma das fogueiras, um grupo menor ouvia o debate inflamado entre dois homens que discursavam sobre a resistência contra os romanos. Segotarvo, o mais velho deles, era também o maior, em altura e em largura. Sua voz ressoava estrondosa, lembrando os trovões que soavam ao longe. Os sapatos de couro e as calças xadrez de lã assemelhavam-se aos de todos que o ouviam; mas sua túnica de tecido nobre com detalhes bordados e o broche de ouro que prendia o manto de pele de urso deixavam clara sua posição; talvez fosse até mais elevada que a de alguns reis.

Seu amigo era alto e magro. Tinha cabelos mais escuros que seu louro interlocutor e um bigode que parecia cultivado com afinco, tão bem tratado quanto um cão de caça. Chamava-se Boduognos; na mão

direita tinha um chifre de hidromel que já esvaziara pela metade, do qual bebia a cada vez que Segotarvo falava. Naquele momento era isso que estava fazendo, enquanto o outro vociferava:

– A guerra já dura cinco anos. Os romanos zombam de nós, combatem uma tribo de cada vez, como se o passar das estações não importasse. Como se tivessem todo o tempo do mundo para nos derrotar!

Voltou-se aos guerreiros mais experientes, num tom acusador:

– Para cada romano que derrubamos, dez vêm tomar seu lugar! As tribos lutam sozinhas e caem uma após a outra.

Parou, ajeitou o manto, que teimava em abrir expondo-o ao frio, e prosseguiu como se falasse aos chefes das tribos da Gália, não a um punhado de soldados cansados:

– Eu digo que é chegada a hora de nos unirmos. As tribos livres, juntas, expulsariam os invasores para o lugar de onde vieram.

Boduognos riu com desprezo, entre dois goles sorvidos com avidez.

– E você acha que um só homem pode unir a todos? – aquela deveria ser a terceira ou quarta vez que ele esvaziava seu chifre, caso contrário não teria a língua tão solta. – A maioria dos reis só pensa em conseguir ajuda dos romanos contra as tribos rivais! Não se importam com o que vai acontecer em alguns anos... Não percebem que terão de pagar impostos como todos os subjugados. Roma não fará distinção entre os que a ajudaram e os que a enfrentaram, depois que tiver fincado suas legiões nojentas na nossa terra.

Alguns homens murmuraram. Outros se levantaram e foram para as tendas. Segotarvo parecia sem ânimo de replicar, e Boduognos continuou a falar, como se tomado por uma inspiração.

– A culpa é toda nossa. Nossa e de nossos reis, tão cabeças-duras quanto eu – olhou para o céu, com as estrelas ocultas pelas nuvens de tempestade, e gargalhou. – Ainda assim, enquanto este céu não cair sobre nossas cabeças, juro pelos meus ancestrais que continuarei lutando!

Um terceiro guerreiro, de ombros largos e olhar enviesado, que permanecera todo o tempo em silêncio, afiando a lâmina de sua espada, soltou um suspiro que chamou a atenção dos outros. Sabiam que ele lutara vários anos ao lado de Vercingetórix e, após muitas batalhas contra outras tribos e contra os romanos, recebera o nome de Isarnogenos; não sabiam, porém, que um dia aquele veterano fora apenas um garoto audacioso que seguira uma estrela cadente em busca de seu aço.

– Foi exatamente para unir as tribos que os druidas convocaram esta reunião – disse ele, sem tirar os olhos do que estava fazendo. – Apresentarão um exército formado por todos nós como a única opção. Um dos homens mais sábios previu que temos apenas dois anos para acabar com essa guerra ou sermos derrotados.

Alguns soldados fizeram menção de protestar, mas ele os interrompeu com um gesto.

– A visão dos druidas é verdadeira. Nossa melhor esperança é cortar a cabeça das legiões: se derrubarmos o general que as comanda, elas irão embora. Por isso os líderes estão reunidos em conselho: vão escolher um alto rei. A partir de amanhã, teremos um único líder, encarregado de salvar a Gália. E para isso ele terá de conseguir só uma coisa: a morte do general romano.

Os dois debatedores entreolharam-se surpresos e o questionaram ao mesmo tempo.

– Por que devemos acreditar no que diz?

– Como sabe disso tudo?

Ainda sem tirar os olhos da própria espada, Isarnogenos se levantou vagarosamente.

– Sei disso, e de muito mais. Sei que um druida previu que Vercingetórix será esse líder.

Os outros guerreiros silenciaram, como se pressentissem a verdade naquelas palavras.

– E eu – o homem continuou, erguendo a ponta da espada para o céu – estarei ao seu lado. Juro que esta espada, que veio das estrelas, beberá o sangue de Gaius Julius Cesar! Ele cairá por minha própria mão ou morrerei na tentativa.

Como em resposta ao juramento do gaulês, um relâmpago iluminou a noite, logo seguido pelo estrondo de um trovão. Vários dos homens à volta da fogueira cuspiram no chão, buscando afastar o mau presságio. Pensavam se não seria hora de também irem afiar suas armas.

CAPÍTULO II
Dias atuais

À tarde o apartamento se transformava num caos.

Gina ficava em casa quando não tinha vôlei, inglês ou excursões tediosas; nesses dias, sua especialidade era preparar lanches melequentos na cozinha e espalhar material de estudo na sala, onde ficava o computador de uso comum a todos. Seu irmão mais velho passava o dia fora, pela manhã na faculdade e à tarde em estágios; era o mais organizado da família. Mesmo assim, Mauro dedicava todo o seu tempo livre a brincar com Conan, o enorme e bonachão vira-latas da casa; suas corridas pelo apê perseguindo bolas de tênis deixavam Liana, a mãe deles, alucinada.

Já o pai de ambos, seu Josias, em geral chegava cedo, aproveitando para ler jornais e assistir a noticiários televisivos até a hora do jantar.

Liana só vinha do trabalho entre seis e sete da noite... e quase sempre encontrava três pessoas e um cachorro bagunçando a casa que ela deixara em ordem pela manhã, antes de sair.

Na tarde em que Gina fizera a malfadada excursão ao Museu de História, ao chegar, a garota deu com Conan dormindo no sofá (sobre a blusa de caxemira de estimação de Liana) e com o irmão ao computador preparando uma dissertação para a faculdade.

Foi à cozinha, preparou bananas com mel e aveia e voltou para falar com Mauro.

– E aí, cara? – começou, a boca cheia de banana amassada. – Tudo certo?

– Uhum – foi a resposta que ouviu vindo de trás do monitor.

– Cê lembra daquelas fotos velhas que o vô mostrava pra gente quando éramos pequenos?

– Uhum.

– Não tinha umas fotos de espadas antigas?

– Uhum.

– Então, eu vi uma espada superlegal no museu hoje e podia jurar que tem uma foto dela nas coisas do vô. Você sabe por onde anda aquela coisarada dele?

– Uhum.

– Onde?

Mauro ergueu distraidamente os olhos do monitor.

– Onde o quê?

Gina quase arremessou o prato de banana amassada na cara do irmão.

– Onde foram parar as fotos do vovô, cara! Tá no mundo da lua?

Foram necessários alguns segundos para que o rapaz assimilasse o que a irmã queria.

– Ah, tá. Você quer as fotos do velho Basílio? Pra quê?

– Santa massa cinzenta, Batman! Raciocina! Eu quero ver se nas coisas dele tem a foto da espada que eu vi no museu.

Mauro já voltara a digitar seu trabalho no computador.

– Que eu saiba, a mamãe botou tudo numa caixa e enfiou no quarto de despejos. Boa sorte...

Resmungando, Gina largou o prato vazio na mesinha ao lado do sofá e foi para a área de serviço. O quarto de despejos havia sido, um dia, uma lavanderia. Contudo, os anos o haviam transformado em depósito de qualquer coisa que algum deles não usava mais, porém não queria jogar fora. Tornara-se um amontoado de caixas, cadeiras quebradas, cobertores velhos, pilhas de jornais, embalagens de ração para cachorro, lembranças de viagens, objetos pertencentes aos avós e tios-avós já falecidos, além de sacos plásticos cheios de sacos plásticos cheios de sacos plásticos.

– Eu ia precisar do Indiana Jones pra achar qualquer coisa nesta bagunça – murmurou ela ao abrir a porta e aparar uma caixa de papelão cheia de contas pagas do ano retrasado, que despencou sobre sua cabeça e espalhou envelopes amarelados pelo chão da área de serviço.

Muniu-se de coragem. Assobiando a música-tema dos velhos filmes de seu arqueólogo favorito do cinema, a adolescente se enfiou quartinho adentro e começou a busca implacável pela caixa que conteria as relíquias do avô.

Um vento inesperado entrando pelo vitrô da área fez voar uma sacola amarela sobre uma pilha de cadeiras. Graças a isso, Gina notou, enfiado entre um móvel e outro, um embrulho suspeito em papel pardo sobre uma caixa de biscoitos antiga de metal esmaltado.

– Achei! – berrou.

Era ali que seu Basílio guardava fotografias, cartas e recordações do passado. Podia rever a cena usando os olhos da memória: ela e Mauro sentados na sala desse mesmo apartamento, o avô tirando tesouros da caixa e mostrando-os aos netos, enquanto desfiava histórias sobre cada um.

Quando tirou o pacote que havia sobre a caixa, o papel pardo se abriu e a menina teve nas mãos algo de que tinha uma vaga lembrança: duas espadas de madeira, bem toscas. Tinham sido do avô, mas ela as vira poucas vezes. Recordava que o irmão tinha brincado muito com aquilo.

Brandiu uma delas, imitando movimentos que seu Basílio lhe havia ensinado uma vez... Fazia quanto tempo, uns oito, dez anos? Ela era bem pequena na ocasião. Lembrava-se de sua mãe ter chegado e ter havido uma discussão sobre espadas não serem um brinquedo para meninas.

– O Mau é que lembra mais das coisas do vô – resmungou, tornando a embrulhar os objetos e pescando, afinal, a caixa de metal.

A tampa estava emperrada e custou a abrir, mas finalmente cedeu; e ela sentiu um perfume de alfazema que lhe deu um aperto no coração.

Devia haver cartas da avó ali. Ela morrera dois anos antes do avô e ele guardara todas as cartas de amor perfumadas que ambos haviam trocado naqueles tempos em que não existiam mensagens eletrônicas nem redes sociais.

Sentou-se no chão da área, sobre as contas e sacos plásticos espalhados, pensando: "Como alguém podia viver sem computador e celular?".

Mas não era esse mistério que ela queria desvendar naquele dia. Era o enigma do tal "sabre de cavalaria de lâmina reta".

Não deu atenção aos cartões, cartas, chaves e pequenos objetos, buscando as fotografias. E em menos de um minuto encontrou o que queria – não uma, e sim três!

Era realmente a mesma espada. As fotos estavam esmaecidas, porém não dava para confundir aquela arma com qualquer outra: o formato, a empunhadura, na fotografia mais nítida dava até para distinguir algumas das marcas que ela notara no museu.

Outro retrato, bem sujo, chamou sua atenção: um grupo de jovens numa sala cheia de troféus. Ao centro, reconheceu o avô. Um dos meninos retratados lhe pareceu familiar, mas os outros eram desconhecidos. No verso da foto viu, escrito em azul: "Clube de Esgrima, 1962".

Tomou a melhor foto da espada e desprezou as outras, fechando a lata, que deixou sobre a primeira pilha de caixas no quartinho. Queria mostrar aquilo ao irmão. Entretanto, Mauro não estava mais ao computador. Gina pôs a foto no bolso do agasalho e ia se encaminhando para os quartos à procura dele quando algo verde veio em sua direção. Não houve tempo de desviar.

– O que... Ei! – exclamou ao tomar uma bola de tênis em cheio no nariz. – Cuidado aí!

No instante seguinte, Conan se jogou sobre ela, a língua de fora, babando, latindo alto e prensando-a contra a parede. O irmão passou correndo com mais duas bolas nas mãos, já arremessando-as na direção do corredor que dava na cozinha. O nariz de Gina começou a sangrar. Ela olhou para o teto, querendo estancar o sangramento, mas não ficou muito tempo parada: pegou a bola fatídica e saiu atrás do irmão, tentando acertá-lo. O cachorro delirava de alegria.

Praticamente ao mesmo tempo seu Josias entrou – quase tomando também uma bolada na cabeça – e a meia hora seguinte se passou entre latidos, pululantes bolas de tênis, objetos derrubados por Conan e vozes de locutores de TV noticiando as desgraças do dia.

Então Liana adentrou a sala e começou a dar ordens:

– Mauro, pare com isso! Gina, leve esse prato pra cozinha! Josias, abaixe o volume dessa coisa! Conan, quieto!

Esquecida da foto no bolso do agasalho do colégio, a menina se ocupara com a limpeza do sangue escorrido do nariz após a bolada. Sujara não apenas sua roupa, mas a parede do corredor.

Durante o jantar, ela não pensou no assunto. Depois da sobremesa, Mauro a convidou para jogar videogame e o resto da noite se passou em paz, especialmente depois que Conan devorou a ração de uma vasilha cheia e voltou a dormir espalhadamente no sofá.

Gina só recordaria a foto do sabre no dia seguinte. E seu agasalho passaria a noite pendurado na cabeceira da cama, com a fotografia antiga socada no fundo de um dos bolsos...

GERGÓVIA, GÁLIA, 52 A.C.

Boduognos recebeu o golpe no escudo e girou a espada. O romano gritou quando seu gládio saiu voando, ainda seguro pela mão que momentos antes fazia parte de seu braço.

Um segundo grito chamou a atenção do guerreiro de vestes e cabelos negros; olhando ao redor, viu que outro romano, que tentava aproximar-se para cercá-lo, fora derrubado por um dardo.

– Obrigado! – disse a Isarnogenos, que tinha sido o autor do lançamento.

– Não me agradeça ainda – ele ouviu a voz do gaulês, abafada pelos sons da batalha. – Esta pode ser nossa melhor oportunidade, mas o dia ainda não acabou. Ajude a abrir caminho!

Sem esperar resposta, o celta já seguia adiante, buscando brechas entre escudos e gládios.

Combatiam o exército romano há várias horas e a sorte parecia pender a favor dos gauleses. A formação romana fora rompida, o que era algo a se comemorar, pois o grosso da vanguarda celta agora enfrentava os legionários em luta homem a homem, como preferiam.

Os dois guerreiros avançaram até encontrarem-se quase imersos num mar de inimigos, embora soubessem que, atrás deles, seu povo avançava inexoravelmente. Sobre uma colina próxima viam o ponto em que o general romano se postava com a guarda de honra de sua cavalaria: era para lá que os dois se dirigiam seguidos por uma dúzia de outros guerreiros.

O primeiro cavaleiro a vê-los investiu com uma lança. Com malícia, ao mesmo tempo em que se esquivava, Isarnogenos bateu nela com a base do escudo, para que a ponta se cravasse no chão. Isso desequilibrou o romano, fazendo-o puxar mais do que deveria as rédeas do cavalo. O animal se inclinou e a distração bastou para que o gaulês saltasse e acertasse com a espada a nuca do inimigo.

A essa altura, vários membros da guarda do general se aproximavam para detê-lo, mas os companheiros de Isarnogenos já os esperavam para dar-lhes combate.

O guerreiro abriu caminho entre os soldados lutando com fúria, brandindo a espada com o entusiasmo de um carpinteiro que quisesse usar o martelo não apenas para pregar algo, mas para causar dor ao prego e à madeira. Ele sabia que era esse o momento profetizado, a hora de libertar a Gália dos invasores.

Levantando os olhos, viu o líder inimigo à sua espera, de espada em punho, ladeado por dois de seus últimos protetores. Com a armadura ricamente trabalhada brilhando por cima da túnica de tecido nobre, montado em um robusto cavalo, o comandante aguardava o ataque; estava ciente não apenas de que era uma figura que impunha respeito, mas de que o cavalo e a armadura lhe davam a vantagem. Também muito consciente disso, o gaulês, sem a menor cerimônia, agarrou uma lança caída no chão e a arremessou contra o cavalo de Gaius Julius Cesar.

O general não pôde evitar o golpe e foi ao chão junto com a montaria morta.

No mesmo segundo, um dos cavaleiros restantes interpôs seu animal entre Isarnogenos e seu alvo, enquanto outro se lançava sobre o gaulês.

Dessa vez o guerreiro sabia que não bastaria distrair o oponente para derrotá-lo e preparou-se para ser atingido. O cavaleiro investiu como esperado, atirando a lança antes de sacar a espada, num arremesso desajeitado que tinha a intenção de ganhar tempo: forçando o oponente a defender-se, o romano abria caminho para um golpe mais bem colocado.

A lança acertou o escudo do celta e ficou presa; Isarnogenos preferiu deixá-lo de lado e empunhou a espada com as duas mãos. Quando o segundo golpe veio em sua direção, ele o recebeu na chapa da lâmina, acima da própria cabeça, rapidamente girando a si mesmo e a espada. Valendo-se do comprimento longo do aço, atacou a coxa do cavaleiro, onde a armadura era mais vulnerável.

O golpe surtiu efeito e a espada deslizou, rompendo a carne e expondo músculos e osso num jorro de sangue. Com o cavaleiro debilitado, foi fácil derrubá-lo do cavalo e aplicar um golpe final.

Entretanto, o general romano já havia se levantado, e o último cavaleiro apeara para ajudá-lo enquanto se colocava entre ele e o gaulês.

Isarnogenos investiu novamente, a fúria redobrada. Atrás de si, podia ouvir os golpes metálicos resultantes do embate entre seus companheiros e o resto da guarda, com exclamações que pareciam indicar a vantagem dos gauleses. Aquele era o momento final: se o general caísse, a guerra nas Gálias iria embora para o mundo dos mortos junto com ele.

O aço vindo do céu colidiu com o escudo do cavaleiro romano e quase o partiu ao meio. O celta, contudo, estava sem escudo, e a cada ataque expunha-se à lâmina inimiga. Após os primeiros três ou quatro golpes, começou a perder terreno e viu o general tentar montar o cavalo de um dos guarda-costas.

Imediatamente, suas prioridades mudaram – e ele atacou sem outra preocupação que não fosse fender o oponente ao meio, de cima para baixo. Mesmo que não saísse vivo da batalha, conseguiria dar cabo do general. Com a fúria do golpe, acertou a cabeça do soldado romano, que caiu ao chão. E se aproximou de Julius Cesar antes que este pudesse subir à sela.

Para não ser atacado enquanto montava, o general preferiu saltar para longe do cavalo e receber o guerreiro de espada em punho.

Vários golpes foram desferidos por ambos, sem que qualquer dos dois parecesse levar vantagem; porém, embora o romano tivesse o benefício da armadura, o celta possuía mais experiência em combate direto e começou a conduzir a luta. Buscava os pontos mais vulneráveis, fazia com que o general tivesse tempo apenas para defender-se, sem qualquer respiro para atacar.

Numa investida calculada, o gaulês forçou a esquiva do oponente em direção a uma pedra, o que o fez desequilibrar-se. Dois chutes completaram o serviço, um para fazê-lo cair de vez e o segundo para desarmá-lo.

"Agora", pensou Isarnogenos num fragmento de segundo, "não existe nada entre a ponta da espada gaulesa e o pescoço do romano".

Contudo, ao erguer a lâmina acima da cabeça para desferir o golpe decisivo do confronto, da batalha, da guerra, ele sentiu um impacto no próprio tronco.

Despencou ao chão e percebeu que, em um instante, mesmo atingido no rosto e com o sangue escorrendo sobre os olhos, o último cavaleiro da guarda de honra se erguera e se jogara de encontro a ele; fora derrubado por um golpe de seu escudo.

Deixou-se rolar na encosta da colina junto com o legionário, ambos engalfinhados até que houve espaço para levantarem. Sem pausa, retomaram o combate: a espada longa contra o gládio.

Poucos golpes foram trocados até que o romano abrisse a guarda, movendo o escudo muito para o lado, expondo-se a uma estocada certeira. Isarnogenos atacou jogando todo o seu peso para a frente; entretanto, o golpe não saiu como o esperado e ele percebeu que fora enganado.

O romano voltara o escudo para a posição correta rapidamente e, ainda que este não tivesse sido suficiente para deter toda a força do golpe e a ponta da espada celta o tivesse varado, entrando alguns centímetros na armadura e atingindo sua carne, agora a espada do gaulês estava presa.

O ferimento não fizera o romano cair imediatamente e, antes que Isarnogenos fizesse menção de puxar a espada de volta, seu adversário mordeu os lábios e girou o escudo, forçando a lâmina inimiga de encontro à lateral do próprio corpo e prendendo-a ainda mais. Com incredulidade nos olhos, o celta lutou para liberar a espada, mas, antes que o conseguisse, seu inimigo avançou.

Ele sentiu o aço do romano entrar fundo em seu estômago.

Ambos caíram juntos ao chão, mas apenas um deles se levantaria.

O homem que, um dia, pedira ao ferreiro da aldeia que lhe forjasse uma espada digna de um rei agora sabia que a profecia não se cumpriria. Ou, quem sabe, ele apenas a interpretara erroneamente. Talvez, na verdade, ela dissesse que a Gália seria dominada.

Antes que seus olhos se turvassem para sempre, viu o general romano cavalgar para longe.

CAPÍTULO III
Dias atuais

"O que eu estou fazendo aqui?", perguntou-se Gina, olhando ao redor.

Encontrava-se numa sala gelada, rodeada por prateleiras cheias de troféus dourados. Sentia muito frio e só ao notar que usava a velha camiseta do time do colégio, que lhe servia de pijama, foi que se deu conta de que aquilo era um sonho.

Tinha de ser um sonho, mesmo porque o homem no canto da sala polindo um dos troféus era seu avô Basílio. Ele falava sem parar, com a voz suave de sempre, mas desta vez não estava contando uma das suas histórias. Estava, isso sim, explicando o que Gina teria de fazer em seguida. A adolescente não se espantou por estar diante do avô morto – sonhos eram assim mesmo – e tentou prestar atenção, embora a voz do avô estivesse tão baixa que não conseguia ouvir tudo.

– ... E depois – dizia seu Basílio – você precisa encontrar a Anita. É ela que vai ajudar na sua tarefa, entendeu? Sei que vai ser difícil, mas vocês vão conseguir.

Gina tentou chegar perto do avô. Tinha tanta coisa no meio do caminho que não conseguia; e a voz dele parecia sumir, como se alguém mexesse no controle de som do sonho.

– O mais importante é tomar cuidado com *ele*. Ele não é de confiança. Muito cuidado!

– Cuidado com quem? – Gina perguntou. – Quem é *ele*?

O avô ergueu o rosto para a neta, sorriu, ainda polindo o tal troféu, e disse:

– Você sabe. *Ele...*

Parecia prestes a dizer algo mais, porém o que Gina ouviu foi a voz do pai, chamando:

– Vê se levanta, filha, ou vai se atrasar para o colégio!

Gina abriu os olhos. Não estava em nenhuma sala de troféus, mas continuava com frio. As cobertas de sua cama haviam caído ao chão e seus braços, saindo das mangas da velha camiseta, estavam gelados. Outra voz soou ao longe: era a mãe reclamando da bagunça que ela fizera na área de serviço no dia anterior. Tomou nota mentalmente de que precisava arrumar aquilo e em poucos segundos ouviu o barulho da porta de entrada.

– Estou saindo! – era Liana, despedindo-se. – Tomem café direito e tenham um bom dia!

A porta bateu e, em seguida, era o pai deles quem saía para o trabalho.

Gina se levantou. A caminho do banheiro, viu Mauro na sala junto ao computador, imprimindo o trabalho da faculdade. O irmão conferiu seu nariz vermelho.

– Ainda tá sangrando? – perguntou, parecendo achar aquilo divertido.

Gina resmungou qualquer coisa e tratou de se apressar. Uma olhada no relógio de cuco da sala mostrou que ia, sim, atrasar-se para o colégio.

Tomou o banho mais rápido do oeste, vestiu-se em um átimo, enfiou o agasalho pela cabeça e engoliu o leite com chocolate que a mãe deixara pronto. Saiu apressada, despedindo-se do irmão apenas com um "Té mais, cara".

Mauro, ao contrário dela, vestira-se com calma e apuro. Ia apresentar a dissertação no auditório da faculdade e não queria sentir-se malvestido. Enquanto a impressora continuava expelindo as páginas que faltavam, tomou um café com leite caprichado. Depois reuniu a papelada e foi procurar uma pasta no quarto de despejos.

Descobriu que a bagunça aumentara, graças às contas espalhadas por Gina e às bolas de tênis de Conan – que ainda dormia no sofá da sala. Encontrou uma pilha de pastas de papelão num canto do quartinho e pegou uma para acondicionar seu trabalho. Então, sem querer, bateu os olhos no pacote pardo e na caixa de fotos do avô que a irmã largara ali.

Não resistiu a abrir o pacote. Sorriu ao dar com os objetos de madeira.

– As espadas de treino! Nem imaginava que ainda existiam.

Quando tinha seus sete, oito anos, e a irmã era pouco mais que um bebê, seu Basílio sempre deixava que ele brincasse com elas. Por um tempo, ele lhe ensinara rudimentos de esgrima. Era uma recordação de tempos alegres, antes da morte da avó e da aposentadoria do avô. Para sua própria surpresa, lembrava-se muito bem das posturas e movimentos ensinados.

Então abriu a caixa de metal. Como a irmã, também se lembrava, com carinho, das muitas histórias contadas por seu Basílio e ilustradas por cartões e fotografias tiradas dali. Remexeu entre as coisas antigas e parou ao ver algo que lhe causou uma ruga na testa.

– Será possível? – murmurou intrigado.

O relógio da sala disparou um toque, sinalizando que era hora de sair.

Mauro fechou a caixa do avô, ainda com a ruga na testa. Ia guardá-la no mesmo lugar, junto ao pacote com as espadas, pois não havia tempo para pensar no assunto àquela hora da manhã. Mas decidiu fazer outra coisa. A mochila o esperava no sofá, com Conan babando em cima dela; agradou o cachorro, colocou lá dentro tudo de que precisava e saiu.

Conan entreabriu os olhos, bufou e mudou de posição, voltando a refestelar-se sobre a blusa de caxemira de Liana.

Roma/República Romana, 49 a.C.

Percorrer as ruas da cidade eterna era difícil naquele dia. Cada metro era duramente disputado, a empurrões e cotoveladas, por uma multidão que buscava o melhor lugar para assistir ao desfile do retorno triunfal do general Gaius Julius Cesar.

Após vários anos, a guerra contra os insurgentes gauleses finalmente tivera seu desfecho e, como não poderia deixar de ser, a força das legiões havia lhes mostrado qual era o preço a ser pago por se desafiar o poder de Roma.

Abrindo o desfile vinha um grupo de gauleses capturados, agora transformados em espetáculo para a multidão. Nus e acorrentados, seguiam mais tropeçando que caminhando, sentindo o peso da derrota de seu povo e do destino cruel que os aguardava. Os que tivessem sorte seriam executados; ao resto aguardava uma vida como escravos, em jogos de gladiadores ou servindo em trabalhos braçais. Atrás deles seguiam carros abertos, puxados por animais, carregando espólios – armas, escudos, cofres, objetos de metal – e ladeados por legionários.

Após uma impressionante centúria, em que cada soldado vestia camisa de malha metálica e elmo que refletiam o sol de forma quase ofuscante, ao som das passadas de sua marcha sincronizada impecavelmente, ruído que nem a multidão conseguia abafar, vinha outro carro.

Este trazia o maior de todos os espólios. O líder inimigo derrotado, Vercingetórix da Gália, exibido dentro de uma jaula, como um animal exótico e feroz.

Ao final da guerra, vendo a derrota iminente, o orgulhoso celta marchara pessoalmente até o rival romano e jogara a espada a seus pés, em um gesto de rendição que ainda carregava uma aura de nobreza e

desafio. Tal gesto não lhe valera de nada, contudo: fora tratado como um criminoso comum e agora era humilhado para servir de exemplo aos inimigos de Roma.

Após o desfile de mais centúrias, em um dos últimos carros abertos, e praticamente encerrando o desfile, vinha o general vitorioso. Tinha os veteranos da guarda de honra cavalgando à sua volta; o branco puro de suas vestes contrastava com o vermelho vivo das túnicas dos legionários. Ele acenava para a multidão, demonstrando a presença e a imponência com que comandava as legiões romanas.

Um pouco mais próximo dele que os outros guardiões, cavalgava Lucius Tullius Lupus, o oficial que salvara a vida do comandante na batalha de Gergóvia. Além dele, apenas meia dúzia dos guardas de honra haviam sobrevivido à batalha, na qual o próprio general estivera perto da morte.

Depois do dia fatídico, os sobreviventes da legião haviam sido fartamente recompensados por seus esforços. Os privilégios que Lucius obtivera tinham transformado sua família, que originalmente possuía pouco prestígio em Roma, em uma linhagem bastante celebrada.

Se a sorte continuasse a seu favor, seu primogênito conseguiria um bom casamento quando crescesse, e talvez um bisneto dele pudesse até almejar tornar-se membro do Senado.

Por hora, entretanto, o prêmio mais valioso ele carregava consigo, em uma bainha presa à cintura, já com o cabo ligeiramente alterado para confundir-se com uma *spatha* como as carregadas por seus companheiros.

Ele portava a espada celta que fora usada contra o general, contra seus amigos e até contra ele próprio. Alguns soldados mais supersticiosos poderiam ter amaldiçoado a arma e pensado em destruí-la. Mas, além de Lucius, o próprio Julius Cesar percebera a qualidade excepcional da lâmina, e ela fora presenteada com toda a cerimônia pelo comandante ao homem cuja lealdade salvara sua vida.

Seria honrada em Roma e se tornaria uma herança familiar, passando às futuras gerações da família Tullius Lupus.

CAPÍTULO IV
Dias atuais

– Bem – declarou Narivalda –, agora seria melhor você dizer a verdade.

Atônita, Gina deixou o olhar passar da professora para a coordenadora, desta para o diretor do colégio e deste para o homem que não parava de mexer no teclado de um celular. A coordenadora o apresentara como o detetive Sérgio, da delegacia do bairro.

"Mas eu disse a verdade!", pensou, tentando não deixar que o frio na barriga fizesse suas mãos tremerem. "Por que essas encrencas *sempre* acontecem comigo?"

A tempestade desabara sobre ela logo após soar o sinal do recreio. Uma tempestade metafórica, como diria sua professora de Literatura... Ela saíra correndo da sala de aula, louca para comprar um misto quente na cantina com os trocados que reunira depois de vasculhar os vários bolsos da mochila. Ainda pensava no sonho bizarro e planejava passar na faculdade em que Mauro estudava, para conversar com o irmão; talvez ele não lhe desse atenção, mas precisava contar a alguém aquilo.

Porém, antes de sequer sair do corredor, dera com a professora de História à sua espera, ao lado do tal Sérgio e de um outro policial.

– Venha conosco – a mulher lhe dissera.

E agora lá estava ela no gabinete do diretor, ouvindo toda aquela patacoada, e sendo estimulada a "dizer a verdade"...

– Eu não sei o que vocês querem que eu diga – conseguiu balbuciar afinal. – Eu fui com a turma na excursão de ontem, e foi só. Como vou saber o que aconteceu no museu depois disso?

Vários pares de sobrancelhas pareceram reunir-se ameaçadoramente. Apenas o tal detetive a fitou com paciência e respondeu:

– Não fique nervosa, Nina...

– Gina – ela corrigiu, mordendo o lábio.

– Certo, Gina – continuou o homem. – Vou explicar melhor. Nós da delegacia viemos até aqui porque, veja, o Museu de História foi roubado ontem. Quando foram fechar as salas à noite, descobriram que algumas peças de grande valor histórico tinham sumido. Assim que foi chamada, a Polícia Científica encontrou algumas fibras de cor azul em uma das salas, bem no local do roubo, e os funcionários do museu depuseram que a cor era idêntica à dos uniformes do único colégio que visitou o museu ontem à tarde. Então fomos incumbidos de investigar...

Ele tocou de leve o agasalho que Gina vestia, e a professora Narivalda completou:

– ... e acontece que um dos vigias lembrou que uma das nossas alunas, ou seja, *você*, andou mexendo justamente no objeto que foi roubado.

A garota arregalou os olhos. A espada. Tinham roubado bem *aquilo*?

– O sabre de cavalaria! Mas eu já pedi desculpas. Achei a espada muito legal e mexi no cabo, mas não roubei nada. Todo mundo viu que eu fui pro ônibus e não estava carregando coisa nenhuma, muito menos uma espada daquele tamanho!

Todos os adultos começaram a falar ao mesmo tempo. O diretor protestava que a polícia não deveria perturbar a rotina do colégio, Narivalda resmungava que Gina sempre havia sido problemática, a coordenadora dizia que eles não deveriam interrogar a aluna sem que seus pais estivessem presentes e o investigador tentava falar, mas não conseguia, com tantos dedos apontados para ele ou para a menina. Afinal, levantou-se e ergueu a voz:

– Com sua licença... eu preciso voltar ao distrito.

Ao ver que os outros silenciavam, continuou:

– Agradeço pelo seu tempo. É claro que não estamos acusando a Gina ou o colégio, mas a polícia precisa seguir todas as pistas possíveis. Vamos colher as impressões digitais dos alunos e da professora, para eliminar as suas entre os vestígios encontrados na sala roubada, e assim poderemos continuar a investigação.

Narivalda arregalou tanto os olhos que Gina pensou que ela teria um ataque.

– As minhas impressões?! Mas eu não mexi em nada! Vou ter de ir até a delegacia?!

Sérgio sorriu calmamente.

– Não será preciso, enviaremos um perito para cá amanhã, bem cedo. Senhor diretor, senhoras... obrigado. Se lembrarem de mais alguma coisa que possa ajudar, têm meu telefone.

Gina relaxou. O sinal da próxima aula já tocara fazia algum tempo, teria dois períodos de Educação Física e não queria ficar com falta. Levantou-se também, já tirando o agasalho.

– Posso ir? A aula começou e eu tenho de ir pra quadra.

– Pode, pode – disse a coordenadora, pronta a acompanhar o investigador para o corredor, onde o colega aguardava. – Por aqui, detetive Sérgio.

A garota bem que tentou correr para fora da sala antes que todos acabassem de se despedir, mas tropeçou nos cordões dos tênis e quase caiu. Sérgio a aparou, porém o agasalho azul caiu ao chão e todo o conteúdo dos bolsos se espalhou pelo gabinete do diretor. Moedas, cédulas de dinheiro amassadas, uma caneta, uma lapiseira... e a fotografia que encontrara na caixa do avô.

"Ops", pensou ela, vendo Narivalda pegar a foto com as pontas dos dedos, como se fosse algo nojento – como se ela não quisesse deixar suas impressões digitais em alguma *arma do crime*.

– Hum! – grunhiu a mulher, um sorriso maligno tomando seu rosto. – Vejam só isto.

E, enquanto o detetive se apossava da fotografia da espada roubada, todos os olhos voltaram a se cravar nela.

O estômago de Gina roncou. Não comprara o misto quente, perderia as duas aulas de Educação Física e começava a desconfiar de que, agora sim, estava encrencada.

Portus Lemanis, Britannia, 162 d.C.

O sol brilhava com uma força rara no litoral da Britannia. Atracados no porto, três grandes navios e uma infinidade de pequenas embarcações vindas do continente traziam famílias de colonos junto a uns poucos soldados.

Já fazia mais de cem anos que os bretões haviam se levantado contra os romanos, no reinado do imperador Nero. A exemplo do que ocorrera na Gália no passado, também nas ilhas as tribos uniam-se eventualmente sob comandos únicos para lutar contra os opressores vindos de terras distantes, e haviam obtido grandes vitórias antes de serem subjugadas. Aqui, entretanto, dizia-se que a principal líder havia sido uma mulher de nome Boudicca.

O oficial Appius Tullius Lupus tinha estudado tais fatos durante a instrução com o tutor quando era mais jovem, mas não atentara muito à história da Britannia. E sabia que o atual imperador, Marcus Aurelius, ocupava-se no momento em combater os Partas; na Britannia parecia haver uma relativa tranquilidade.

"Os bretões não devem ser uma grande ameaça ao império, se deixaram até uma mulher comandar seus guerreiros!", pensou o rapaz com desprezo, enquanto batia os pés no chão para sentir a terra firme. Ainda se sentia mareado pela travessia; não gostava de barcos.

Tocou a empunhadura da espada que levava na bainha, à cintura. Segundo a história da família, um de seus ancestrais havia conquistado

na Gália a espada que portava. Porém, ele não conseguia deixar de pensar em como o passado era enfadonho. O que lhe importava era o momento presente, e no momento ele não poderia estar mais contrariado.

O prestígio de sua família em Roma lhe garantira uma educação cara e contatos no exército para chegar, ainda bem jovem, ao posto de oficial. A partir daí, contudo, tudo correra ladeira abaixo, já que ele se apaixonara pela filha do homem errado. Seus parentes tinham uma certa reputação e posses, era verdade; mas nada que, na visão da sociedade, lhe garantisse status suficiente para querer como esposa a filha de um senador. Principalmente do ponto de vista do próprio senador, que usara seus influentes contatos para tornar a vida de Appius no exército bastante desagradável.

Agora, passados já alguns anos do início da perseguição e sem sinais de perdão ao seu atrevimento, surgira a possibilidade de mudar-se para a província da Britannia, nas ilhas a oeste do continente. Seu pai dizia que aquela seria a única chance de escapar à atenção do ex-futuro sogro, e ele aceitara partir; mas começava a arrepender-se da decisão.

A travessia do canal fora agitada e nauseante. E, pelas conversas que tivera a bordo com os marinheiros habituados ao trajeto, descobrira que a região onde moraria, talvez pelo resto da vida, era mais sujeita a chuva em um único mês do que Roma em um ano inteiro.

Embora ao ver-se sob aquele sol fosse difícil não levar tal afirmação como mera história de marinheiros, um homem que conhecera em Roma e reencontrara no navio confirmara os desanimadores prognósticos sobre a temperatura nas ilhas.

O sujeito era um escritor grego de nome Demetrius. Pelo que Lupus entendera, o grego viajava para escrever sobre a vida nas províncias. Afirmava que fora contratado para isso por um rico mercador, desejoso de conhecer melhor o potencial para seus negócios. Assim, durante a curta e atribulada travessia, o romano e o grego tinham conversado quase todo o tempo; tanto que de meros conhecidos quase haviam passado à categoria de amigos.

E foi a voz de Demetrius que interrompeu os sombrios pensamentos do oficial. O grego estava parado a seu lado na rústica plataforma de desembarque, e dissera algo que ele não escutou.

Diante de sua expressão confusa, o historiador repetiu:

– Eu perguntei que tal lhe parece a Britannia como província romana.

E apontou, ao longe, a vila de Portus Lemanis, da qual partia uma grande estrada.

– Quando meu avô esteve na província, há uns oitenta anos – ele prosseguiu, sem esperar resposta –, o lugar mal parecia ser parte do império. Mas hoje temos estradas e pontes tão boas quanto no continente! Esta noite descansaremos aqui e, se tomarmos aquela estrada amanhã cedo, no mesmo dia estaremos em Durovernum Cantiacorum. Lá, eu garanto, teremos uma refeição tão boa quanto em Roma e casas de banho para tirar o frio dos ossos.

– Pode ser – respondeu Appius soturno. – Mas ainda não sei se fiz bom negócio em vir para cá. Entre nós dois, tenho dúvidas se não teria sido melhor fugir com Lívia Drusa, mesmo contra a vontade do pai dela.

– Ora, Appius Lupus, você me decepciona – comentou Demetrius, fingindo tristeza. – Tem diante de si toda uma província, onde um oficial competente pode ganhar renome e atrair a atenção das mulheres! E prefere remoer o passado?

O romano pareceu mais animado e sorriu de leve. Falando mais baixo e num tom sério, Demetrius concluiu seu pensamento:

– Parece que você jogou fora as recordações da perseguição do senador Livius Drusus, junto com os almoços que o vi devolver para o mar por sobre a amurada... Com o poder que ele tem, seus familiares tão próximos a Marcus Aurelius, acredita que chegaria longe se tivesse tentado fugir?

Na noite seguinte, após espantarem com banhos quentes o cansaço da viagem por mar e da difícil estrada até Durovernum Cantiacorum, os dois viajantes procuravam revigorar-se mais um pouco com generosas doses de vinho e uma ave assada recheada com frutas.

Demetrius sorriu cinicamente para si mesmo. A forma como Tullius Lupus olhava para as jovens locais lhe deu a certeza de que o romance, que tantos problemas causara ao romano, logo seria esquecido. A lembrança da filha do senador ficaria perdida no passado, do outro lado do mar.

CAPÍTULO V
Dias atuais

Ao menos a conversa seguinte que Gina teve com o detetive foi testemunhada apenas pela coordenadora, o que foi um alívio para Sérgio. A professora Narivalda mais atrapalhava que ajudava, acusando a garota de roubar artefatos valiosos, mexer em peças proibidas de museus, fazer baderna na sala de aula e desenhar caricaturas dos professores.

Segundo ela, Gina devia ser culpada de tudo de ruim que acontecera nos últimos anos, incluindo-se as inundações na época das chuvas, os ataques terroristas pelo mundo e o aumento das passagens de ônibus na cidade.

– Deixe ver se eu entendi – o investigador resumiu depois de interrogar a adolescente por algum tempo. – Seu avô trabalhou naquele museu e foi ele quem tirou esta fotografia?

– Isso mesmo – confirmou ela. – Ontem eu achei a foto na caixa de fotografias, achei legal porque vi a espada no museu, aí guardei no bolso para mostrar pro meu irmão.

– E seu avô pode confirmar tudo isso – o homem acrescentou.

– Claro! Quero dizer... poderia, só que ele morreu já faz um tempo.

– Então seu irmão pode confirmar tudo.

– É... bom, eu acabei esquecendo de mostrar a foto pra ele.

Sérgio suspirou. Tinha quase certeza de que aquela garota não estava, de forma alguma, ligada ao roubo; apesar disso, seria obrigado a mencionar em seu relatório as fibras da cor dos uniformes, o depoimento do vigia que acusara uma das alunas e, para piorar, o fato de a própria Gina possuir uma fotografia do objeto roubado. Teria de cumprir todas as formalidades que seu chefe exigiria; porém, não fazia sentido pressionar mais a menina.

– Tudo bem, pode voltar para a classe. Amanhã suas digitais serão tiradas junto com as de todos os alunos que foram à excursão, e ainda vou precisar conversar com os seus pais... Mas, se estiver mesmo dizendo a verdade, não tem com o que se preocupar.

Gina foi pegar suas coisas na sala de aula; àquela altura a turma já teria saído da Educação Física e ido embora para casa. Demorou-se um pouco, pois não queria encontrar com nenhum colega; imaginava o que iam comentar sobre ela ser arrastada por Narivalda para o gabinete do diretor, com polícia e tudo!

E continuava com fome; só em pensar no que diria aos pais, seu estômago, além de roncar, esfriava de medo. Mas o detetive dissera para não se preocupar...

– Por que essas encrencas *sempre* acontecem comigo? – resmungou pela décima vez.

Entretanto, após sua saída, a coordenadora parecia mais preocupada que ela.

– O que vai acontecer agora? – ela perguntou ao investigador.

Sérgio fez um gesto de indecisão. Também não sabia.

– A investigação vai seguir o curso normal. Eu acredito que a visita do colégio ao museu foi só uma coincidência, e essa menina não tem culpa nenhuma.

– Mas – ela insistiu – ainda restam indícios de que a Gina tenha alguma coisa a ver com esse roubo, não é?

Os dois estavam próximos à janela do gabinete e viram a garota sair sozinha pelo portão dos alunos. Pela segunda vez, o detetive suspirou.

– A senhora não imagina quantas vezes vi ladrões e traficantes usarem crianças para encobrir seus crimes. Tudo é possível hoje em dia...

De qualquer forma, tenho de entrevistar algumas pessoas sobre a história dessa espada, isso pode nos levar a novos indícios e novos suspeitos.

Quando ele saiu, a coordenadora ainda ficou olhando pela janela pensativa.

•

No caminho do colégio até sua casa, Gina tentou inutilmente pensar em outras coisas. No desempenho de seu time no campeonato de vôlei, no que pediria à mãe como presente de aniversário, no trabalho que deveria preparar para a feira de ciências, no fim de semana em que combinara jogar RPG com os amigos da rua de cima. No entanto, o caso da espada roubada ficava voltando à sua mente. E, lá no fundo, não conseguia parar de ouvir a voz do avô, no sonho, dizendo: "O mais importante é tomar cuidado com *ele*. *Ele* não é de confiança. Cuidado!".

E ela estremecia toda vez que pensava em quem seria o tal *ele*.

•

O funcionário da empresa de limpeza parecia incomodado ao deixar a sala do museu. Encontrou uma colega na sala nos fundos da copa e, descarregando os sacos de lixo recolhidos, desabafou:

— Aquele sujeito esquisito dá nos nervos da gente! Ficou horas de olho em mim, como se eu nunca tivesse limpado aquilo antes.

— O tal de Matias com sobrenome complicado? — a mulher bufou. — O homem desconfia até dos anjos, Deus me livre. Também ficou me vigiando quando fui tirar o pó daquelas espadas.

— Ainda bem, achei que era só comigo — o funcionário suspirou. — Será que ele acha que a gente vai roubar as velharias deste museu?

— Deve ser — foi a resposta da outra. — Diz que ontem assaltaram justamente aquela sala, roubaram sei lá que coisa valiosa de lá.

Um grunhido foi a resposta do faxineiro.

— Quem ia roubar essa cacarecada? Por mim, botava tudo no lixo. "Artefatos históricos", eles dizem. Belas porcarias, se querem a minha opinião. Bom, eu terminei. Vamos embora?

Ela fechou o armário com os produtos de limpeza e assentiu.

Sentia-se aliviada por só ter de voltar ali na outra semana; a empresa em que trabalhavam, e que prestava serviços ao museu, fazia rodízio entre os funcionários para atender os clientes. Os faxineiros achavam isso ótimo, especialmente quando alguns dos locais que tinham de limpar eram sinistros como aquele e tinham vigias mal-encarados como *certas pessoas*.

A caminho da saída, os dois passaram pelo tal sujeito, mas nem o cumprimentaram; ambos acharam melhor fingir que nada viam, pois ele estava à porta de um dos escritórios, aparentemente tomando uma enorme bronca do diretor do museu. Ainda ouviram quando o chefe disse, antes de fechar a porta na cara do infeliz:

– E não me fale mais nisso, Matias! Você pode ser antigo na casa, mas esse assunto não é da sua alçada, entendeu?

Os dois funcionários da limpeza tiveram de abrir espaço para o vigia na saída; ele passou por eles ventando, parecendo furibundo e murmurando:

– ... Você não perde por esperar! Muita coisa vai mudar aqui, muita coisa.

E sumiu após a esquina, como se tivesse uma dúzia de cães ferozes em seu encalço.

O homem e a mulher entreolharam-se como quem diz "Eu, hein!" e seguiram seus caminhos, ambos muito felizes por não terem de voltar ao museu por uma semana.

Muralha de Adriano/Cilurnum, Britannia, 207 d.C.

A visão era impressionante. Nem tanto pela altura; a muralha, nos pontos mais altos, media apenas uns seis metros. Owen Lupus já vira torres bem mais altas ao longo de toda a Britannia. Fazia alguns anos que ele se alistara como soldado auxiliar nas tropas romanas, o que o levara a diversos pontos da ilha. Tornara-se membro da cavalaria e agora se encontrava no Velho Norte, em Cilurnum, um forte romano não muito distante de Pons Aelius.

O que o impressionava mesmo era a extensão da muralha que o imperador Aelius Adrianus mandara construir. Em ambas as direções, ela continuava muito além de onde a vista alcançava, e Owen sabia que, tanto a leste quanto a oeste, chegava até o mar, dividindo a ilha em duas. A vila na qual ele crescera se localizava ao sul, próxima a Camulodunum, e ele nunca imaginara que um dia estaria tão perto das terras dos pictos, os terríveis bárbaros que viviam ao norte. Quando criança, ouvira as mais assustadoras histórias: eles sempre eram invocados pelas mães romanas da ilha quando queriam que os filhos obedecessem...

– Comporte-se, pois os pictos roubam e comem as crianças desobedientes! Eles o pegarão durante a noite para cozinhá-lo em seus caldeirões.

Embora seus familiares comentassem, em todas as ocasiões possíveis, que seu falecido avô viera de Roma, os descendentes haviam herdado a aparência bretã da avó, que tivera grande sucesso em fazer o marido adaptar-se à cultura local. Se o pai de Owen crescera em uma casa de cultura mista, seu filho recebera como atributos romanos apenas o último nome – que alguns vizinhos já pronunciavam Loop em vez de Lupus. Além disso, herdara o latim falado com um sotaque fortíssimo e a espada, que o pai dizia ser uma herança antiga, vinda de romanos ilustres.

Contudo, Owen crescera brincando com filhos de fazendeiros e artesãos e ao alistar-se preferira ignorar as origens supostamente nobres da família e filiar-se às tropas auxiliares, formadas em sua maioria por bretões, em vez das tropas regulares, enviadas de outras províncias ou diretamente de Roma.

Impeliu a montaria para mais adiante e apurou o olhar para as terras ao norte, além da muralha, que lhe eram desconhecidas até o momento. Ele sabia que os pictos também eram bretões, de certa forma aparentados à sua própria avó. Sua cultura era antiga e, antes mesmo da chegada das legiões de Roma, eles já eram um povo em separado, bem diferente dos que viviam no sul da ilha.

Sorriu, recordando as histórias sobre os bárbaros cozinhando crianças em seus caldeirões... Mas logo seu sorriso desapareceu, com a lembrança do que vira em algumas aldeias massacradas por que passara a caminho de Pons Aelius. A recrudescência de ataques dos pictos junto à muralha tinha feito com que mais soldados fossem deslocados para a região. E Lupus, assim como vários companheiros vindos dos arredores de Camulodunum, havia seguido para o norte.

Estava pensando em como o clima daquela região era bem pior que ao sul e em quantos anos faltavam para terminar seu contrato com o exército, quando um grito lhe chamou a atenção. Em um dos postos de controle da fortificação, a sentinela disparava o alarme. Ao longe, ele vislumbrou umas vinte pessoas correndo para chegar aos portões antes que um grupo de lanceiros pictos a pé as alcançasse. Provavelmente eram colonos que moravam para lá da muralha.

A distância não lhe permitia vê-los com clareza, mas sabia que o nome pictos queria dizer *pintados*, e preparou-se para a visão de guerreiros a correr, nus, os corpos decorados com desenhos azuis, portando um ou mais dardos longos de arremesso e escudos ovais.

Um dos colonos caiu, atingido nas costas, e Owen esporeou o cavalo, gritando à direita e à esquerda para que alguns dos companheiros, que já se aproximavam, o acompanhassem. Desembainhando as armas, eles seguiram adiante do portão na muralha; no alto, os arqueiros espiavam, esperando que os atacantes estivessem ao alcance de suas flechas.

Cuidando para não atropelar os fugitivos, a tropa de cavaleiros caiu sobre os guerreiros pictos em questão de instantes. Jogaram sobre eles os cavalos, golpeando-os com lanças e espadas. Ao ver que os soldados se interpunham entre os perseguidores e os perseguidos, estes ganharam novo ânimo e redobraram a velocidade, correndo para a proteção que Cilurnum representava.

Owen viu, de relance, homens e mulheres, na maioria jovens, alguns deles carregando crianças. A escaramuça não estava concluída, entretanto, e o líder dos temíveis homens do norte investiu contra o cavaleiro à direita de Owen usando o dardo como uma lança. O golpe atingiu o rapaz de forma certeira, levando-o ao chão; infortunadamente, o soldado puxara consigo o cavalo e o derrubara sobre o próprio corpo.

A espada da família Lupus cortou o ar em resposta, fendendo o crânio do picto, mas os homens pintados de azul pareciam brotar da terra, e mais alguns minutos se passariam até que o confronto estivesse terminado. De um lado, quatro companheiros de Owen jaziam no solo; do outro, uma dúzia dos atacantes estavam mortos. Alguns pictos haviam escapado, já que os cavaleiros tinham ordens de não se afastar da muralha; não podiam persegui-los. Ao menos os colonos estavam seguros agora e relatariam aos comandantes os detalhes do ataque.

Apeou do cavalo e rasgou um trapo da roupa de um dos cadáveres, pondo-se a limpar o sangue da espada. Owen franziu a testa enquanto trabalhava naquilo, contemplando um dos pictos mortos, caído próximo ao colono romano que morrera antes de a tropa poder rechaçar o ataque. Bárbaros ou não, não pela primeira vez ele se deu conta de que seu próprio rosto lembrava muito mais os traços dos atacantes que ajudara a combater que os dos colonos que salvara.

Cuspindo no chão para amaldiçoar o local da curta batalha, Owen recalculou os anos que lhe faltavam para deixar o exército, desejando com todas as forças retornar ao sul da Bretanha.

A cada dia ele podia sentir uma mudança de ares, com as tropas regulares pouco a pouco sendo chamadas de volta. Não era o único a saber que os pictos estavam mais difíceis de conter a cada dia, como mostrara aquele ataque à sombra da muralha.

Viajantes contavam sobre o imperador, Septimus Severus, e sua tenacidade em conquistar territórios na África. Dizia-se que ele se preparava também para vir à Britannia... Mas quem prestasse atenção a todas as histórias narradas nos últimos anos dar-se-ia conta de que, no continente, tanto ao norte quanto ao leste, o poder de Roma diminuía.

O cavaleiro recolocou a espada na bainha, pensou em seu avô, suspirou. Owen não sabia se teria filhos algum dia, muito menos netos ou bisnetos. Mas tinha certeza de que, se tivesse descendentes no futuro, eles não conheceriam a Britannia como uma província romana, e sim como algo completamente diferente.

Algo que ele ainda não podia imaginar como seria, ou se lhe agradaria.

Mas que seria realidade, de uma forma ou de outra.

CAPÍTULO VI
Dias atuais

Liana fechou a entrada do apartamento a chave, apoiou a testa na porta e respirou fundo. Conversou consigo mesma antes de se voltar e ir procurar Gina.

"Muito bem. Passou. Respirar fundo, relaxar. Tenho uma filha à beira de um ataque de nervos para acalmar."

Fazia uma semana que os *incidentes* no museu e no colégio haviam alterado a rotina da família. No primeiro dia, após a filha contar o que acontecera e o detetive vir procurar a família, Liana ficara alucinada em pensar que alguém acusaria sua menina de se envolver com um roubo.

Depois ela percebera que, diante da revolta que havia tomado conta de Gina e Mauro com o fato, o melhor seria fazer de conta que tudo aquilo era normal e colaborar com a investigação. Insistira até mesmo em que a polícia desse uma busca na casa, para deixar claro que não havia, ali, espada histórica nenhuma... Naquele dia nem fora trabalhar, para estar em casa com a filha mais nova no dia da tal busca e apreensão.

E agora que os policiais tinham vindo e ido embora tudo voltaria ao normal. Se é que se poderia chamar de normal a bagunça generalizada em que o marido, o casal de filhos e o cachorro costumavam transformar seu belo e antes organizado apartamento.

Foi para o quarto de Gina, o primeiro cômodo a ser revistado pelos policiais e, portanto, o primeiro a ser liberado. Encontrou a filha lendo um gibi, reclinada sobre as almofadas da cama, com Conan encolhido junto dela e babando sobre uma pilha de camisetas usadas. Parecia calma, mas Liana a conhecia bem para saber que estava, sim, com a cabeça fervilhando de preocupações.

– Pronto! – disse ela com um sorriso animador. – Já foram embora, e é claro que não encontraram nada. Não se preocupe mais, Gi. O pesadelo passou!

A garota a olhou de um jeito estranho, imaginando se Mauro lhe contara os estranhos sonhos que continuava tendo com o avô. Mas concluiu que não, pois ela pareceu usar a palavra "pesadelo" em sentido figurado. O irmão podia *pegar no seu pé* sempre que podia, porém jurara manter segredo sobre os sonhos e estivera a seu lado o tempo todo durante aquela encrenca.

Josias, também injuriado com as suspeitas sobre a filha, consultara Túlio, um amigo advogado que o sossegara; trabalhava no fórum criminal e prometera acompanhar o caso. Ninguém poderia acusar a garota de roubo sem provas; e todos que conheceram seu Basílio sabiam que ele trabalhara no museu. Seria normal ter deixado com a família as fotografias que fizera no trabalho.

– Quer lanchar? Que tal um sanduíche? – Liana perguntou, desejando tirar Gina do quarto. – Venha para a cozinha, vou fazer um queijo quente na chapa.

Conan, que conhecia muito bem a palavra *sanduíche* e, apesar de ganhar apenas ração, nunca deixava de tentar obter algo mais, saltou da cama, esparramando roupas para todos os lados, e disparou para o corredor. A adolescente se levantou um pouco mais animada.

– Será que agora eles me deixam em paz, mãe? – ela perguntou com um suspiro.

– Claro. Foi só um mal-entendido, filha. Esqueça isso e trate de pensar nos problemas imediatos. Sei muito bem que você nem começou o trabalho para a feira de ciências!

– Comecei, sim, mãe. Na minha cabeça tá tudo quase pronto...

Gina comeu o queijo quente tentando pensar no material de que precisaria para o tal trabalho, enquanto Conan mastigava bocados de ração com um ar de cachorro incompreendido e Liana ia colocar as camisetas sujas dos filhos na máquina de lavar. Somente depois ela seguiu para a sala; como não fora trabalhar naquele dia, resolveria o que fosse possível do computador de casa.

A garota ainda estava acabando o sanduíche quando Mauro chegou da faculdade, trocou algumas palavras com a mãe na sala e despencou em uma das cadeiras da cozinha.

– E aí, como foi? A mãe disse que deu tudo certo na busca da polícia.

Gina mexeu os ombros como quem diz "tanto faz". Se ao menos conseguisse esquecer aquele assunto... O irmão, porém, dirigiu-se a ela com um ar conspirador, sussurrando:

– Ótimo. Agora a gente pode conversar. Vem aqui.

Mauro foi para a área de serviço e se sentou no chão, perto da máquina de lavar, que funcionava ruidosamente. A irmã o seguiu intrigada.

– Pirou das ideias, Mau? Tá com ataque de paranoia de novo? – soltou uma risadinha. – Não vai me dizer que a tal garota imaginária da faculdade continua te seguindo...

O irmão mais velho fechou a cara.

– Ela não é imaginária, ouviu? Hoje ela estava, de novo, na esquina da lanchonete. E posso jurar que veio me seguindo até bem perto da nossa rua! É totalmente maluca.

Gina se sentou no chão também.

– E por causa da sua perseguidora-maluca-que-pode-não-ser-imaginária a gente precisa vir conversar bem do lado dessa máquina barulhenta?

– Não, *oompa-loompa* – ironizou Mauro. – A gente precisa vir conversar aqui porque a polícia deu busca na nossa casa hoje, eles podem ter plantado alguma escuta. Acorda, irmãzinha. Nesta balbúrdia sonora, pelo menos, ninguém vai conseguir gravar nossa conversa.

A irmã mais nova arregalou os olhos. Paranoico ou não, Mauro poderia estar certo.

– Muito bem – começou o irmão mais velho, tirando a mochila das costas e abrindo-a. – Naquele dia em que você achou a foto da tal espada, eu olhei a caixa de metal com as coisas do vô. Fiquei cismado e levei a caixa comigo, na minha mochila. Ela ficou até hoje guardada no meu armário, lá na faculdade.

Uma sensação de alívio tomou conta de Gina. Sabia que havia mais fotografias da espada ali. Não tinha nada a esconder, porém detestaria se os policiais levassem embora as poucas lembranças que restavam de seu Basílio.

– Ainda bem! – disse. E só então franziu a testa, encarando o irmão. – Mas por quê?

Foi a vez de Mauro gesticular com os ombros querendo dizer "tanto faz".

– Sei lá. Acho que é porque eu vi umas fotos estranhas aí. Não sei se isso tem alguma coisa a ver com o roubo da espada, mas a gente devia olhar tudo com calma e tentar entender melhor o nosso avô. Especialmente depois do que você me contou sobre os sonhos.

Mauro fora a única pessoa a quem Gina descrevera os pesadelos, inclusive aquele em que o avô pedira para ter cuidado com o tal *ele*. Nas outras noites tivera mais sonhos, porém ou eram parecidos com o primeiro, ou eram apenas sequências de imagens que não faziam nenhum sentido, cheias de rostos de pessoas que ela não conhecia.

Os dois conversaram por um tempo, olhando com mais atenção as outras fotos da espada e discutindo quem seriam as pessoas no retrato com os troféus.

– No verso diz "Clube de Esgrima, 1962" – disse Gina. – A gente pode descobrir alguma coisa sobre esse clube na internet.

– Boa ideia – concordou Mauro.

Ele ia dizer mais alguma coisa que parecia estar a incomodá-lo, mas bem naquela hora ouviram, ao longe, a porta da sala abrir-se: Josias chegara e logo viria à procura dos filhos. Além disso, o ciclo da máquina de lavar terminou e um silêncio incômodo instalou-se no apartamento.

Uma troca de olhares entre os dois irmãos bastou para que estivessem de acordo. Conversariam em outra hora. A caixa de metal voltou para a mochila, que foi deixada num canto do quartinho de despejos.

Eles foram para a sala, onde Conan saudava alegremente o pai dos dois, saltando sobre ele e derrubando-o na poltrona, para logo em seguida começar a babar em seu paletó.

Leinster, Irlanda, 506 d.C.

Gwalch repassou mentalmente tudo de que se lembrava e olhou no fundo dos olhos do eremita, que calmamente lhe perguntara, pela terceira vez, qual era a sua história. Não sabia há quantos dias sofria com a febre que, se no momento cedera um pouco, não impedia que a dor quase o enlouquecesse.

O que restava de seu braço doía naquele dia tanto quanto no dia em que sua vida terminara, embora oficialmente tivesse sobrevivido.

Tossiu e cuspiu algo escuro, talvez misturado com sangue, mais uma vez amaldiçoando em pensamento os saxões, únicos responsáveis por todo o mal que lhe ocorrera na vida. Dispôs-se a falar com franqueza ao eremita. Talvez contar aquela história lhe trouxesse algum alívio; estava cansado de guardar tanta mágoa e dor por dentro.

Começou descrevendo a vila em que nascera, próxima à costa leste das ilhas. Seus ancestrais tinham vindo do vale do rio Colne, das cercanias de Caer-Colun, que na época dos romanos era chamada Camulodunum. Estabeleceram-se em comunidades esparsas próximas ao mar, e teriam prosperado se não fossem os constantes raides dos saxões.

A princípio eles vinham em pequenos grupos, sempre em busca de pilhagem fácil. Mas seu pai lhe dissera, uma vez, que já na infância dele isso havia mudado. Os saxões vinham para ficar. Lutavam por cada punhado de terra, depois erguiam uma paliçada e traziam mulheres, crianças e animais. Ainda antes de Gwalch nascer, os primeiros que chegaram serviram de *ponta de lança* e, a partir de suas fortalezas impro-visadas, novas levas dos invasores partiam para atacar novos povoados e transformá-los em seus.

Por toda a vida de seu pai, e depois pela sua, essa guerra de ocupa-ção se arrastou naquela península, lentamente avançando ilha adentro. A cada batalha, um povoado era conquistado por um lado ou retomado pelo outro, e as fronteiras seguiam sempre inconstantes, com seus con-tornos adaptando-se aos ditames do aço e do lado para o qual soprava o vento da guerra.

Gwalch nascera em meio a essa eterna batalha. Seu pai fora um guerreiro jurado a um pequeno rei local, e o filho seguiu o mesmo cami-nho. Desde o primeiro dia em que ficou em pé, ensinaram-lhe que suas mãos existiam para segurar a espada e o escudo. Ele treinou por essa crença e viveu por ela, um dia após o outro. Alguns de seus melhores amigos morreram por ela, também um após o outro. A cada grupelho de anos, era necessário enterrar-se mais para dentro da ilha, rumo ao oeste, recuando frente ao avanço dos invasores.

Dessa forma, os laços com a família foram sendo cortados pelas es-padas dos inimigos. Se por infelicidade seu senhor caía, Gwalch achava um novo que aceitasse seu serviço e lhe desse outra lança e outro escudo para lutar contra os saxões – porém a espada ele já possuía.

Tratava-se de uma herança de família. Seu avô dizia ser mais antiga que as gerações de homens que é possível contar nos dedos das duas mãos. Alguns achavam que fora forjada antes dos tempos dos roma-nos... E com essa espada ele havia lutado, até que veio a época da aliança entre os reis, que culminou na batalha do monte Badon.

O glorioso dia em que os saxões foram detidos.

Por meia vida, ele pudera desfrutar de paz, e até conhecera certa prosperidade.

Voltara para o vale do Colne, tivera terras próprias e alguns servos para cultivá-las. Casara-se uma primeira vez, mas sua mulher morrera após o único filho dos dois ser levado pela doença. Sua segunda esposa lhe dera dois filhos homens fortes e saudáveis, porém também morrera após dar à luz uma filha caçula.

Depois disso, Gwalch decidira não se casar de novo. Às vezes se interessava por uma ou outra das servas que o ajudavam com a criação das crianças; contudo, se algum bebê que nascia delas herdava seus traços, isso era irrelevante: apenas os filhos de sua falecida esposa eram considerados realmente seus. Assim Gwalch viveu, tendo os dois meninos como seu orgulho e a menina como seu tesouro, até seus cabelos adquirirem a cor do inverno.

A espada herdada dos antepassados foi entregue ao mais velho, que tencionava obter renome como guerreiro. Sua filha deixou a casa para se casar algum tempo depois que o filho do meio partira, em busca de trabalho e fortuna, para a ilha que alguns chamavam Hibernia. Apenas o mais velho voltou para morar ao seu lado, nas terras que herdaria um dia, trazendo consigo uma jovem esposa. Do filho do meio e da caçula ele tinha notícias às vezes, e na vida de cada um dos três encontrara um pouco de felicidade.

Mas não demoraria para que os saxões retomassem seus ataques.

A vida de relativa paz amolecera as defesas das tribos e povoados; embora continuassem a existir guerreiros, como seu próprio primogênito, que conservava a espada da família, as batalhas que travavam eram em pequena escala, conflitos de curta duração. Quando novas ondas de saxões chegaram sem aviso, reavivando o fogo da conquista naqueles que levavam uma vida pacífica como colonos, não houve como impedir um fogo bastante real de se alastrar ilha adentro e de consumir aldeia após aldeia.

A batalha mais uma vez chegara até Gwalch. E, no dia mais terrível que jamais vivera, ele percebeu que não havia nada que pudesse deter os invasores. Com outros aldeãos mais experientes, ajudara a organizar a resistência; durante algumas semanas tiveram sucesso em defender a região. O primeiro ataque fora brutal e acabara sendo repelido, mas à custa de muitas mortes. Ele mesmo perdera parte do braço direito, decepado pouco abaixo do cotovelo, e tivera o desgosto de ver seu primogênito ferido de morte, agonizante, após ser trazido de volta do campo de batalha.

Custara a conseguir um mensageiro que fosse em busca de notícias de sua filha, apenas para descobrir que a vila onde ela vivia fora arrasada; não se sabia de sobreviventes. Sua dor atingiu um nível insuportável, próximo da loucura, e logo se transformou em apatia.

Restara-lhe apenas a nora, que cuidou de seu ferimento até que o toco do braço estivesse minimamente cicatrizado. E, enquanto tratava dele, a moça sugeria que fugissem dali. Estava disposta a seguir para o oeste, querendo proteger o filho que levava no ventre.

À medida que os dias passavam e ele se sentia mais recuperado, foi se acostumando à ideia. Os saxões voltariam, ele sabia.

Meses depois conseguiram embarcar num navio que seguia para a Cornualha. No entanto, o destino pensara diferente, e uma tempestade jogara o navio muito mais para o oeste. Entre o vento que uivava e rasgava o velame em tiras, o capitão decidira buscar um porto na Ilha Esmeralda, que não devia estar longe; retomaria o trajeto original só quando o mar estivesse favorável.

Gwalch levava junto ao corpo, presa às suas costas, a espada que um dia entregara ao filho mais velho e agora se tornara a única e a mais viva lembrança que tinha dele. Era valiosa; pretendia, um dia, entregá-la ao futuro neto. Não sabia que isso nunca aconteceria... Uma segunda tempestade, ou talvez a mesma de antes, voltando para terminar o que havia começado, danificara a embarcação. O navio fora lançado contra paredes rochosas, enquanto os marinheiros procuravam contornar a costa em busca de um local para aportar.

Infelizmente, outra corrente puxava a embarcação de volta para o mar, tornando impossível manobrar o navio; era óbvio que afundaria antes que chegassem a uma praia. Foram improvisadas três pequenas jangadas com as próprias tábuas da nau, e a tripulação e os passageiros dividiram-se entre elas. Na viagem desesperada que se seguiu, ele vira a jangada em que estava sua nora desaparecer no mar.

Depois disso, não se lembrava de muita coisa. Segundo os marinheiros lhe contaram depois, ele tentara se jogar às águas e tivera de ser contido. Alguns achavam que tinha febre causada pelo braço mutilado, e por pouco não consideraram deixá-lo arremessar-se ao mar, crendo que morreria em breve, de qualquer forma.

Depois da chegada à praia, todos se permitiram cair na areia por alguns momentos, saboreando o fato de ainda estarem vivos. Gwalch, porém, encolhera-se, o olhar vazio fitando o oceano, quase catatônico. A espada só permanecera com ele porque se mantivera amarrada às suas costas. Mostrava-se intacta, mas o espírito de seu portador estava irremediavelmente quebrado.

Haviam sido jogados nas terras do Eire, que os romanos chamaram Hibernia: a Irlanda.

Não fora difícil à tripulação guiar os sobreviventes para as luzes do vilarejo mais próximo. Com alguma negociação, conseguiram um lugar para passar o resto da noite junto ao fogo, e no dia seguinte o capitão e os marinheiros procuraram trabalho em outras embarcações. Os demais faziam seus próprios planos para contatar as famílias e chegar ao destino original. Mas não Gwalch.

Afinal, sem a nora e o futuro neto, tanto fazia onde ele cairia morto. A Ilha Esmeralda lhe parecia um lugar tão bom quanto qualquer outro para morrer – pelo menos até lembrar que seu outro filho podia ainda estar vivo, e naquelas mesmas terras. Isso o livrou do estupor.

O capitão se apiedara dele; através de alguns amigos na região e do dinheiro que conseguira com a venda da escassa carga do navio, que fora trazida à praia pelo mar, dera-lhe ajuda suficiente para que pudesse procurar o filho.

Assim, o antigo guerreiro reunira informações e partira em busca de um grupo de mercenários do qual se dizia que seu filho fazia parte. Contudo, não seguiu viagem sem antes pagar a um ferreiro para cuidar da espada e evitar que o contato com a água do mar a danificasse.

O ferreiro admirara a extraordinária lâmina, como todos que a tinham visto, e lhe oferecera um bom dinheiro por ela; mas a espada dos ancestrais era tudo que Gwalch tinha no mundo. Não a venderia.

Após várias semanas, ele chegara à região onde esperava encontrar o último de seus filhos. Infelizmente, achara apenas alguns de seus antigos companheiros e a indicação de um túmulo onde o rapaz havia sido enterrado meses antes. Ao trabalhar como guarda-costas de um pequeno rei local, o grupo caíra em uma emboscada armada por um aspirante ao trono que desejava assassiná-lo. O rapaz morrera protegendo seu senhor.

Outro bretão, amigo de seu filho, contara como o conspirador fora revelado após a captura e o interrogatório de um dos assassinos contratados. Com a posterior execução pública do usurpador, o filho de Gwalch fora vingado, e certamente seria lembrado em canções como o grande e honrado guerreiro que fora.

Isso, entretanto, não era consolo para o bretão, que passou a fazer vigília dia e noite no túmulo do filho. Era como se esperasse que ele voltasse da morte para reclamar a espada que deveria ser sua por herança. Não demorou muito para que Gwalch adoecesse e começasse de novo a delirar de febre. E assim Lorcáin, o eremita, o encontrara.

CAPÍTULO VII
Dias atuais

O detetive Sérgio deixou a divisão de roubos da delegacia desanimado naquela noite. Não estava nada satisfeito com os rumos que sua carreira estava tomando. Tinha a sensação de que, nos últimos tempos, o delegado só o incumbia de investigar os casos sem solução.

Além de apartamentos de luxo em bairros nobres e lojas finas de shoppings (onde os sistemas de videossegurança, coincidentemente, nunca funcionavam bem), duas galerias de arte também tinham sido assaltadas, e – a pedra mais dolorosa em seu sapato – fazia uma semana que uma espada antiga fora roubada do Museu de História. O principal suspeito era uma garota de treze ou quatorze anos, que seu chefe insistia em manter sob vigilância. Dizia que, se fosse cúmplice, iria levá-los ao culpado. Tentara pesquisar mais sobre a misteriosa espada, mas até isso fora difícil: a pesquisadora que lhe tinham recomendado como entendida no assunto estava senil e nada revelara.

"Não vou mais pensar nisso!", resolveu ele ao entrar em seu apartamento, deixar a jaqueta cair no chão e jogar os sapatos longe.

Achou na geladeira uma embalagem pela metade de macarrão ao molho branco semipronto, colocou-a no micro-ondas e foi ligar a televisão para distrair-se com algum filme ou seriado.

O macarrão seria até comível, desde que ele o cobrisse completamente com queijo ralado, e pensou em assistir em maratona aos seriados que apreciava. O problema era que todos eles, em vez de tirar sua mente do trabalho, traziam-lhe de volta a lembrança dos casos em aberto.

"Quem me dera uma comédia romântica daquelas bem água com açúcar!", implorou silenciosamente, colocando mais queijo no macarrão.

Porém não deu sorte naquela noite. Por alguma estranha coincidência, só encontrou detetives americanos, com seus carros maravilhosos, laboratórios criminais impecáveis e médicos-legistas que apareciam nas cenas de crime cinco minutos após serem chamados.

– Queria só ver – resmungou, conversando com a telinha – se vocês tivessem de trabalhar como eu, com uma pilha de casos para investigar sozinho, sem poder contar com a rapidez da polícia científica e ainda tendo de aturar o meu chefe! Aposto que lá nos *Esteites* a divisão de roubos tem uns vinte policiais para cada caso e...

Parou de mastigar de repente, com uma ideia a se formar em sua mente. Colocou a embalagem do macarrão na mesinha de centro e acionou o controle, voltando para cada um dos seriados que buscara, revisitando aqueles por que havia passado os olhos.

"Neste, roubo de um colar de diamantes. Nesse outro, roubo de um cofre cheio de *bufunfa*. Naquele, roubo de uma bolsa cheia de euros. Ali, roubo do conteúdo do caixa de uma loja de joias. E aqui... roubo de um quadro de Van Gogh. Em cada um, uma coisa bem diferente."

Desligou a tevê, as sobrancelhas franzidas. Como não percebera aquilo antes? E falou com a telinha escura, como se ela pudesse responder:

– Por que nos meus casos dos últimos meses todos os objetos roubados são artefatos históricos?

Foi pegar a jaqueta caída e recuperou seu caderninho de anotações, murmurando que nos seriados os detetives tinham *tablets* ou celulares de última geração para fazer suas anotações, enquanto ele ainda usava uma caderneta e um lápis. Foi virando folha após folha.

– Muito bem – disse, agora para a mesinha de centro. – Loja do primeiro shopping, uma escultura italiana do século XVI, roubada;

loja do segundo shopping, uma fotografia original da Segunda Guerra Mundial. Casa de um figurão na zona sul, uma gravura de Debret com cenas do Brasil Colônia, roubada... casa de uma madame da sociedade, levaram uma *katana* de samurai com uns duzentos anos. Galeria do centro da cidade, uma carta manuscrita de um nobre do Império; outra galeria, esta da zona sul também, um quadro retratando a Marquesa de Santos. E, claro, a espada do museu, que eles desconfiam que matou gente na Guerra do Paraguai.

Sérgio era jovem ainda, mas saíra da academia de polícia havia tempo suficiente para sentir quando se deparava com *algo podre no reino da Dinamarca*. Seu instinto policial estivera obnubilado nos últimos três meses, com o chefe exigindo aquela montanha de relatórios e pisando nos seus calos devido à falta de casos solucionados na divisão de roubos. Não fosse o estresse incomum, ele já teria despertado para a dedução que, agora, lhe parecia óbvia.

Olhou para um espelho na parede, que lhe responderia tanto quanto a tevê ou a mesinha; mas, ao menos, lhe devolvia a imagem de alguém falando. E disse:

– Preciso falar com o Fabrício. Ele é novo, mas é confiável. Tem alguém por trás de todos esses roubos. Alguém interessado em objetos de valor histórico. E posso apostar que não é nenhum ladrão pé de chinelo, não. Isso está me cheirando a gente rica. Gente poderosa...

Cismado, ele voltou a se sentar e comeu o resto do jantar, porém não ligou mais a televisão. Precisava de silêncio para pensar.

•

– Agora – disse o homem –, prestem muita atenção. Estão me entendendo?

Gina assentiu com a cabeça e viu Mauro, sentado a seu lado no sofá da sala, fazer o mesmo. O avô, cercado por troféus dourados, fez um gesto ágil – parecia vinte anos mais moço do que na época de sua morte – e mostrou um caderno que não estivera em suas mãos um segundo antes. Em uma das folhas havia uma espada desenhada a bico de pena: os contornos delicados tinham sido traçados com maestria.

– Vocês precisam terminar o que eu comecei. Consegui traçar o caminho só pela metade, mas é importante mergulharem na História e descobrirem o resto... ela é mais antiga do que todo mundo pensa, e precisa ser entendida. É importante. Prometem que vão fazer isso?

Não houve tempo para uma resposta. A garota viu aquela imagem sumir de repente, substituída por visões de sua mãe furiosa, bronqueando, rasgando papéis e jogando-os no lixo. Ou não era sua mãe? Talvez fosse a avó.

Abriu os olhos para descobrir que estava de novo na cama, com os braços gelados e as cobertas caídas no chão. Tivera outro sonho com o avô, e desta vez ele se mostrara mais real que antes! Levantou-se apressada. Era cedo, mais cedo do que ela costumava se levantar, mas queria contar o sonho ao irmão antes que ele fosse para a faculdade.

Não teve de se esforçar muito, pois o próprio Mauro estava à sua espera na sala. Liana e Josias tomavam café na cozinha, e os dois tiveram a privacidade de que precisavam.

– Gi, desta vez fui eu que sonhei com o vô – disse o irmão mais velho com ar preocupado.

– Você? Eu também sonhei – respondeu ela.

Olharam-se cúmplices. Seria possível?...

Era possível. Ao descrever seus sonhos um para o outro, o espanto foi fazendo com que eles baixassem as vozes, de forma que os pais não os ouvissem do outro cômodo.

Em todos os detalhes, com todas as letras, eles tinham sonhado *exatamente a mesma coisa*.

Leinster, Irlanda, 516 d.C.

O ancião saiu da pequena caverna e olhou para o interior. Pensara em bloquear a entrada, porém conhecia os homens e mulheres do Eire o suficiente para saber que não profanariam um túmulo.

Afastou-se, observando sua obra. As inscrições que escavara na pedra lisa sobre os nichos eram fundas e, claro, poucos conseguiriam lê-las, já que a maioria dos moradores dos arredores não sabia decifrar a escrita romana que os monges ensinavam. Mas alguém a leria, disso estava certo. Num suspiro, pegou a trouxa que continha seus escassos pertences e afastou-se a passos vacilantes.

Sim, poderia ficar, se quisesse; continuaria vivendo naquele local sem que a tristeza pela lembrança do amigo o dominasse. A questão não era essa: a questão era que, nos últimos meses, ele havia se dedicado ao máximo em tornar a gruta um lugar digno de repouso para Gwalch, e agora preferia deixá-la só para ele: tornar-se-ia um santuário, capaz de transmitir um pouco de paz a quem a buscasse. Ele procuraria um local mais distante para morar, talvez atravessando a aldeia em outra direção, talvez buscando uma nova região.

Lá dentro, em um nicho cerrado pelas pedras que trouxera do rio e selara com barro, seu amigo descansaria para sempre. Em outro nicho acima deste, pouco mais que uma fenda na rocha, repousava igualmente sepultada a espada que o amigo mantivera bem cuidada até o último dia de sua vida. Lorcáin acreditava que, fechada no pequeno santuário, a espada resistiria por longos anos.

Não fazia tanto tempo assim que ele socorrera o guerreiro bretão tomado pela febre e pelo desespero; dez anos, talvez, mas parecia que fora em outra vida. Quando Gwalch lhe contara sua história, o velho eremita lhe dissera que entendia sua jornada e o valor da espada de um guerreiro. Ele mesmo fora um bardo antes que os cristãos começassem a espalhar seus mosteiros pela ilha e viajara sempre de um reino a outro, cantando feitos de heróis como Gwalch e seus filhos.

Quando o espaço para a antiga religião diminuíra e suas canções não eram mais tão bem-vistas, ele resolveu virar um eremita. Possuía conhecimentos que lhe permitiam levar adiante o mesmo tipo de tarefa que as pessoas esperavam de um monge cristão: tratar a febre dos doentes, fechar os olhos dos mortos, abençoar crianças em línguas que elas não entendiam.

Para isso, não importava se a bênção vinha em nome de um deus velho ou novo, já que o que fazia as colheitas frutificarem ou as crianças crescerem fortes era realmente a confiança das pessoas. E Lorcáin preferira ser um eremita morando em uma gruta, vivendo sozinho com a natureza, em vez de suportar um bando de monges cheios de regras.

Ao acolher Gwalch, ele não sabia que ganharia, mais que um amigo, quase um irmão. O doente logo passara a ajudar nas tarefas, até onde sua fraca saúde permitia. A gruta não era exatamente confortável mas era seca, e havia espaço para os dois.

A comida e as roupas que Lorcáin recebia das famílias nos vilarejos eram suficientes para ambos. Com o tempo, a febre de Gwalch não voltou mais e seu braço sarou por completo. Era-lhe difícil trabalhar apenas com a mão esquerda e o coto do braço direito, mas não impossível; foi aprendendo quais ervas eram boas para combater as doenças e aos poucos voltava a sentir-se útil.

Antes que percebessem, passou-se o primeiro ano, um segundo e um terceiro. Depois disso não contaram mais a passagem dos anos em que dividiam a gruta. Ambos viviam como eremitas, auxiliando as pessoas que os procuravam com bênçãos e remédios. Entretanto, mesmo que não se preocupassem com o tempo, este transcorria inexoravelmente...

E certa manhã Lorcáin viu que Gwalch, que sempre acordara antes dele, ainda não havia se levantado. O sol nascera há algum tempo quando ele chamou por seu amigo, cutucou-o e por fim irritou-se, até perceber que o refugiado, que se tornara tão importante para ele quanto um irmão, não mais se levantaria.

As lágrimas escorreram por seu rosto; ele sabia que custaria a se acostumar à solidão outra vez. Afinal, resignou-se. A morte era o mais natural dos caminhos da vida, não era isso que ele mesmo ensinava aos aldeões que o procuravam?

Tanto os que acreditavam na religião antiga quanto os seguidores da nova diriam que agora seu amigo encontraria a felicidade em um lugar tão belo quanto poderia querer e se reuniria aos filhos que amara.

Muito tempo se passaria até que os moradores das vilas mais próximas se dessem conta de que os santos homens a quem recorriam, em busca de curas, haviam partido. O local, porém, manteve a aura de paz que tanta gente havia encontrado lá; e o respeito que aquela geração de aldeões tinha pelo eremita se estendeu por mais uma ou duas.

Décadas depois, já se dizia que aquela gruta abrigava o túmulo de um santo. A crença no filho de Deus crucificado se espalhava cada vez mais pela Irlanda, e muitos iam até lá para rezar e pedir a proteção celeste. A rústica inscrição que Lorcáin deixara na pedra se tornou lendária; as palavras resistiam, apesar do passar do tempo.

E, quando alguém lia os dizeres *"Aqui jaz o guerreiro de um só braço que lutou contra os saxões. Da Bretanha ele trouxe consigo a mais preciosa das espadas para protegê-lo."*, sempre havia quem se arriscasse a interpretá-los.

Claro que a interpretação seria diferente para cada um, até que os avôs começassem a contar aos netos que aquele era na verdade o sepulcro de Sir Bedivere da Távola Redonda e que a espada que ele havia trazido não era outra senão a muito sagrada Caledfwulch, ou Excalibur, que apenas o mais justo dos homens poderia tocar sem ser fulminado pelos céus.

Por volta dos anos 700, um desabamento soterrou parte da pequena caverna. E por longos anos ninguém mais se lembrou de que naquela região jazia o túmulo de um guerreiro tido como santo, que portara uma espada famosa. Nem sequer desconfiavam de que ali, um dia, existira uma gruta.

CAPÍTULO VIII
Dias atuais

No sábado seguinte, quando os pais saíram para sua costumeira caminhada matinal, Gina e Mauro encontraram-se no quartinho para iniciar o que a irmã caçula chamou de "Projeto X".

– Não tinha um nome menos pré-adolescente pra colocar nas nossas investigações, não? – o mais velho zombou, ao ligar o som na área de serviço e colocar um rock *heavy metal* para tocar.

– Não tinha uma trilha sonora menos pós-adolescente pra acompanhar as nossas investigações, não? – rebateu Gina.

Apesar das discussões que brotavam a toda hora entre ambos, o casal de irmãos acabou concordando em que o nome do projeto era genérico o bastante para não despertar suspeitas nos pais, e que o rock driblaria qualquer escuta que a polícia pudesse ter deixado na casa.

– Você se lembra das espadas de madeira? – a garota perguntou, enquanto o irmão já espalhava as fotografias do avô sobre uma mesinha.

– Claro, quando eu era pequeno ele me ensinou como esgrimir. Você não se lembra?

As lembranças que Gina tinha da época eram confusas; sentia até ciúmes, pois seu Basílio pouco lhe ensinara aquilo. E Liana dizia que espadas não eram para meninas... Que injusto!

Mauro pegou uma das espadas de treino e mostrou os movimentos que havia aprendido. Ele poderia se tornar um bom esgrimista.

– Como é que você se lembra disso tão bem?

O mais velho sorriu.

– O vô parou de mexer com as espadas quando piorou do reumatismo. Mas eu continuei a praticar nas aulas de Educação Física. Agora já faz um tempo que não treino.

Ele guardou a espada e, em seguida, concentraram-se em separar as fotografias que julgavam mais reveladoras. A primeira a ser limpa e analisada foi a que havia chamado a atenção do rapaz mais velho, no outro dia, retratando as pessoas na sala cheia de troféus. Mauro fez uma limpeza superficial, usando papel absorvente e água com um pingo de detergente. A foto perdeu um pouco do amarelado e das crostas de pó nos cantos. E vários pontos, antes invisíveis, revelaram-se.

– Bom – comentou Gina. – São dois homens, dois meninos e uma mulher; o que está no centro, olhando para a moça, é o vovô, disso não dá pra duvidar. Com a foto mais nítida, dá para ver que alguém rabiscou umas letras no rodapé: V, B, A, M e R. Parece ter sido com a mesma caneta azul que usaram pra escrever "Clube de Esgrima" atrás.

– São as iniciais dos nomes deles – concluiu Mauro. – O "B" fica embaixo do retrato do nosso avô, Basílio.

– E o "A" está junto da única mulher do grupo, essa moça negra. Ela é linda, hein? Olha esse cabelo *black power*! Vai ver que é a tal "Anita". Foi o único nome que eu ouvi no sonho com o vô.

O irmão estava de acordo, mas aquela ideia o deixou preocupado.

– Que foi, Mau? – a irmã logo percebeu a mudança de humor do outro.

– É que... – com certa hesitação, o mais velho prosseguiu. – Na foto, o vovô está olhando para ela com cara de bobo, com um jeito meio... meio apaixonado. Será que eles foram namorados?

Gina sacudiu os ombros.

– Que diferença faz? A fotografia é dos anos 1960, antes de o vô e a vó se casarem.

– É. Você tem razão – o irmão concordou. – Não faz diferença a esta altura. E os outros sujeitos da foto? Será que algum deles é ligado com a nossa família?

– Acho que não. Mas este, que tem a inicial "M" embaixo, me parece conhecido. Só não sei onde foi que vi o menino.

Continuaram mexendo nas fotografias e limparam várias outras, inclusive as que retratavam a espada. No fundo da caixa, encontraram cartões-postais impressos em décadas passadas. Havia neles fotografias antigas de Lisboa, de Paris e de vários pontos turísticos brasileiros, como o Corcovado, no Rio de Janeiro, e o Museu de Arte de São Paulo, na Avenida Paulista.

Um deles, que não era fotografia, foi analisado com calma pelos dois. Era um desenho feito a bico de pena de uma casa de aparência antiga. Não continha data, mas estava assinado com as letras "AN." manuscritas. No verso, rabiscado em letra miúda com caneta azul, havia um endereço.

Mauro estreitou os olhos, franzindo a testa.

– Não consigo ler direito o que está escrito. Você consegue?

– Não, é pequeno demais e a tinta está meio manchada. O pai não tem uma lente de aumento lá nas coisas deles? Com ela a gente poderia enxergar melhor.

– Boa! Acho que ele guarda na gaveta da cômoda.

Feliz ao ver movimento, Conan acompanhou Gina ao quarto dos pais – e de volta, após ela ter encontrado a tal lente. Mas a garota barrou sua entrada na área de serviço.

– Fique quieto, Conan. Aqui você não pode entrar!

Desconsolado, o cachorro postou-se ali mesmo, na porta da cozinha, e ficou ganindo, esperando que um deles o deixasse entrar. Mauro já havia acendido uma luminária sobre a mesa e, ao colocarem a lente sobre o verso do cartão-postal, leu:

– AN. Travessa Brevidade, 42. Então...

– AN deve ser "Anita". Quem desenhou a casa neste cartão deve ter sido ela. Deu de presente pro vô e ele anotou o endereço dela aqui!

Olharam-se, um sabendo o que o outro estava pensando.

– Não podemos dizer nada disso para o pai nem para a mãe – começou Mauro.

– Mas a gente vai continuar investigando, não vai? Na internet podemos descobrir onde fica essa rua e ir ver se a tal Anita ainda mora lá, ou alguém da família dela. E se sabem alguma coisa sobre espadas antigas – entusiasmou-se Gina.

O irmão tratou de acalmar tanto entusiasmo.

– Olha, pode ser que a casa não exista mais. A maioria das casas antigas acaba derrubada, porque constroem prédios enormes nos terrenos... E pode ser que o sonho que a gente teve seja só isso, um sonho. Essa tal Anita pode nem existir!

Gina ia retrucar, mas bem nesse momento Conan soltou um uivo e correu para a porta de entrada. Liana e Josias haviam chegado.

·

O resto do sábado foi bem normal na casa deles. Depois do almoço, Gina vestiu uma bermuda e uma camiseta velha, pois ia jogar vôlei com as amigas do bairro; quanto a Mauro, combinara um cinema, mais tarde, com a turma da faculdade. Mas antes que qualquer um dos dois saísse, certa conversa confidencial do pai e da mãe os deixou com a pulga atrás da orelha.

Foi a caçula que percebeu os cochichos de Liana com Josias, enquanto o casal lavava os pratos. Com a curiosidade atiçada, deu a volta pela porta externa que dava na área de serviço e ficou bem quietinha atrás do vitrô da cozinha. E ouviu um diálogo estranho.

– ... E o seu amigo não achou que isso era esquisito? – perguntava a mãe.

– Claro que sim – respondeu o pai. – Por isso mesmo ele me contou tudo. Foi muita coincidência o Túlio estar no fórum naquele dia e conhecer o juiz que emitiu o mandado de busca.

Ao ouvir falar em "mandado", Gina recordou, com desgosto, o dia em que a polícia fizera a busca em sua casa, à procura da espada roubada. Apurou os ouvidos para escutar melhor. Josias dizia:

— Logo que aconteceu a confusão no colégio, eu pedi para ele dar uma olhada nesse processo todo. A gente ia precisar de um advogado, caso eles acusassem a Gi. E o que ele descobriu foi isso: o mandado de busca e apreensão saiu mais depressa do que deveria, porque o juiz foi pressionado. Segundo meu amigo, quando ele entrou na sala, para tratar de outros assuntos, o tal doutor Von Kurgan estava lá, com o juiz. O Túlio viu a emissão da papelada.

— E o que seu amigo aconselha que a gente faça? — Liana parecia agoniada agora. — Eu pensei que essa história tinha acabado, Josias... que a Gi não teria mais problemas.

— Fique calma, Li. Pelo que ele me disse ontem à noite, quando ligou, a busca não deu em nada. Ninguém vai acusar nossa filha, a não ser que haja novas evidências. Foi um mal-entendido!

Do outro lado da janela da cozinha, a garota ouviu sua mãe suspirar.

— Eu sei. Mas também sei que esse tal Von Kurgan é um homem rico. Só ouvir o nome dele já me dá dor de cabeça. Tomara que seu amigo esteja certo. O que você acha que...

Mas ela não terminou a pergunta que ia fazer, pois naquele momento Mauro entrou na cozinha e os pais pararam de falar no assunto.

— Mãe, não sei onde foi parar a minha camisa azul — resmungou o irmão de Gina.

— Deve estar no varal. Já procurou lá?

O rapaz entrou na área de serviço do apartamento ainda resmungando e deu com a mais nova escondida, fazendo-lhe sinal de silêncio. Restou-lhe disfarçar enquanto pegava a camisa pendurada no varal e aguardar que o comportamento de sua encrencada irmã fosse explicado.

Quanto a Gina, esperou os pais deixarem a cozinha e só então saiu do esconderijo.

Estava ansiosa para contar a Mauro tudo que ouvira. Pelo visto, a encrenca em que havia se metido estava longe de terminar...

•

Naquela noite, nenhum dos dois irmãos teve sonhos com parentes mortos ou quaisquer mistérios. Porém, Gina acordou cedo, decidida a descobrir mais sobre o tal clube de esgrima e seus membros. Depois do café, enquanto Mauro dormia, ligou o computador e foi pesquisar. Conan, que acabava de limpar a tigela de ração, foi sentar-se a seus pés. A adolescente abriu um joguinho, para que o pai e a mãe não desconfiassem de nada.

"É a primeira vez que tenho de fingir que estou jogando pra disfarçar uma pesquisa... normalmente é o contrário que acontece!", pensou ela, divertindo-se com a ideia.

Porém, a busca pelas palavras "clube de esgrima" disparou tantos resultados que ela desanimou. Havia centenas de associações e grupos praticantes do esporte, páginas e mais páginas de dicas e conselhos para esportistas. E ela não sabia nada particular sobre o tal clube, nem mesmo se ficava em sua cidade ou se possuía um nome que o diferenciasse dos outros.

– Preciso descobrir mais dados sobre isso, pra refinar a pesquisa – ela resmungou, agradando o cachorro, que estava babando sobre seus tênis.

Já na busca pelo nome da rua ela teve mais sucesso. Não só descobriu que a Travessa Brevidade existia mesmo, como percebeu que ficava no bairro vizinho! O programa de mapeamento da cidade mostrou vários caminhos que ela poderia tomar para chegar lá, caminhando ou de ônibus. O mais lógico seria ir mesmo a pé; demoraria por volta de meia hora.

– Este é um trabalho para os membros do Projeto X! – exclamou, dando alguns toques no teclado e salvando o mapa para imprimir mais tarde.

Aproveitou o tempo também para digitalizar a imagem do cartão e algumas das fotografias que queria imprimir.

Seus pais bem que perceberam que havia algo estranho no ar, naquele domingo. A filha parecia esconder alguma coisa, e o mais velho estava mal-humorado desde que acordou. Mas nada disseram; Liana ia sair para almoçar com algumas amigas e Josias enfiou-se na cozinha para experimentar uma nova receita de lasanha; ele adorava cozinhar.

– Que bicho te mordeu? – a caçula perguntou a Mauro quando se viram sozinhos.

– Não é nada – foi a resposta que recebeu.

Mas Gina tanto perturbou o irmão que ele acabou contando.

– É que ontem, no shopping, eu vi aquela garota de novo. A que anda me seguindo. Estava no saguão do cinema antes do filme, e depois, quando eu e o pessoal ficamos conversando na praça de alimentação, podia jurar que ela estava de olho na gente, de uma das lanchonetes.

A irmã olhou para o teto, sem paciência para enfrentar a paranoia do outro.

– Que tal se, em vez de se preocupar com pessoas imaginárias, você me ajudasse com as pesquisas? Não consegui descobrir qual dos *trocentos* clubes de esgrima que apareceram era o do vovô, mas achei o endereço da casa! Pensei em ir lá depois do almoço.

Mauro pareceu esquecer a cisma com a noite anterior e concordou em tentarem um passeio à tal rua. Sugeriu, ainda, que, para refinar as pesquisas sobre o clube, digitassem o nome do avô. Porém não tiveram tempo de voltar ao computador naquela hora, pois Josias os chamou: o almoço de domingo estava pronto.

•

Andar seguindo o mapinha impresso não foi tão fácil quanto Gina havia pensado. Algumas ruas desenhadas lá simplesmente não existiam, eram becos sem saída. Outras, que no papel pareciam planas, eram ladeiras bem íngremes.

Afinal, foram parar no final da Travessa Brevidade, que tinha apenas um quarteirão e parecia mesmo ter sido vítima da especulação imobiliária: ostentava edifícios com mais de vinte andares dos dois lados da rua.

– Eu não disse que eles derrubam as casas antigas? – Mauro resmungou.

Estavam chegando aos números iniciais da rua, e Gina parou emocionada.

– Olha lá! Tem de ser aquela.

De fato, uma das poucas casas que ainda restavam na rua parecia-se com a que fora retratada no cartão. Eles haviam levado a cópia digitalizada e impressa do desenho, além de algumas das fotos. E, quando se postaram diante de uma propriedade totalmente ensombrecida por árvores e arbustos de um jardim malcuidado, não puderam mais duvidar. Era a mesma casa térrea, espremida entre um prédio novo e um estabelecimento comercial de dois andares.

– Incrível! – Mauro exclamou, comparando o desenho com o que via à sua frente.

Era óbvio que, desde os anos 60, a propriedade não devia ter recebido nenhuma mão de tinta, muito menos a visita de um jardineiro. A estrutura, porém, não mudara, embora a hera tivesse coberto a maior parte das paredes e o portão parecesse prestes a despencar.

– E agora? – Gina murmurou.

– Agora a gente toca a campainha – decidiu seu irmão.

Pressionaram o botão que havia junto à entrada despencante, mas não parecia que aquilo estivesse funcionando, pois não ouviram nenhum som. Gina já ia propor que entrassem assim mesmo, quando a janelinha no meio da porta se abriu e apareceu um rosto negro, meio oculto pela grade de metal e por tranças do tipo *braids*. Uma voz feminina e jovem soou, mal-humorada:

– O que é?

Para surpresa de sua irmã, Mauro emudeceu e deu um passo para trás. Mas a mais nova não deixaria a oportunidade passar. Atravessou o portãozinho entreaberto e disse com segurança:

– Estamos procurando a dona Anita. Ela está?

A garota atrás da grade inclinou a cabeça, pensativa. Parecia avaliar a situação.

– O que vocês querem com ela?

Mauro continuou mudo, e Gina prosseguiu, animada:

– Queremos mostrar umas fotos antigas para ela e conversar sobre o clube de esgrima.

Desta vez a demora na resposta foi maior. Quando veio, a voz parecia bem irritada:

– Olha, não vai dar. Minha avó está doente e não conversa com estranhos. Vão embora.

A decepção no rosto de Gina foi tão óbvia que o irmão mais velho tomou uma decisão; deu alguns passos à frente e andou em direção à porta. Olhou bem para a moça lá atrás e disse:

– Mas nos não somos estranhos. Não é mesmo? Somos netos do seu Basílio, que foi amigo da dona Anita. Nós realmente precisamos conversar com ela... e com você.

·

Gina não entendeu o que fez a garota mudar de ideia. Mas em um minuto a porta se abriu e os dois puderam entrar numa saleta escura e sentar-se no sofá coberto por uma manta de crochê. Nas paredes, muitos desenhos em bico de pena emoldurados retratavam paisagens urbanas. E seu irmão, que estranhamente havia assumido um tom agressivo, apresentou-se:

– Meu nome é Mauro, esta é minha irmã Gina. E você é...

A garota, que aparentava ter seus dezessete anos, havia colocado óculos e prendido suas longas tranças afro sob uma boina. Fechou a porta e respondeu, sempre mal-humorada:

– Gabriela. Esperem aqui, vou ver se ela quer vir. E já aviso: vovó não está bem. Ela tem 82 anos e muitos problemas de saúde. Não pode se exaltar, entenderam? Se quiserem, mostrem as tais fotos, mas ela não costuma se lembrar de quase nada do passado.

A neta deixou a sala e Gina fuzilou o irmão com os olhos.

– O que está acontecendo? Por que ela deixou a gente entrar?

O rapaz sacudiu os ombros, sinalizando que não diria nada. E logo se levantou, pois Gabriela voltava acompanhada por uma senhora negra, alta, de cabelos crespos curtos e grisalhos; não parecia nem um pouco doente e carregava uma cestinha com novelos de lã.

– Bom dia, bom dia – disse ela amável ao sentar-se numa poltrona e pegar um trabalho de crochê. – É bom receber visitas. Vejo que não são da polícia. São amigos da minha neta?

Os dois se entreolharam e Mauro sinalizou à irmã que começasse.

– Na verdade... a gente não conhecia a Gabriela. Nosso avô é o seu Basílio, do clube de esgrima. A senhora se lembra dele?

Gabriela acendeu um abajur próximo à poltrona e a velha senhora começou a fazer crochê, continuando a tecer o que parecia ser um cachecol cor-de-rosa. Absorta com os pontos do trabalho, respondeu lentamente, sem olhar para eles:

– O Basílio? Claro que me lembro. Ele trabalhava no museu. Ah, quantos anos faz! Foram tempos bons, aqueles. Como vai o meu velho amigo?

Gina engasgou. Devia contar à velhinha que o avô morrera havia dois anos? Olhou para Mauro, que estava fitando a neta; Gabriela afastara-se da luz projetada pelo abajur e postara-se no canto mais escuro da saleta. Ninguém disse nada, mas dona Anita não parecia mesmo esperar resposta e continuou a falar, quase monologando:

– Como era bom treinar com os rapazes. Claro que, naquele tempo, ninguém aprovava. Meus pais diziam que eu nunca iria me casar se continuasse fazendo parte do clube! Como se uma mulher só tivesse na vida o objetivo de arrumar um marido. Ridículo. Eu gostava de esgrima e nunca liguei para o que eles diziam. Nem mesmo quando... quando... Gabriela!

Ela fez uma pausa e olhou ansiosa para a neta.

– Que foi, vovó?

Parecendo perdida, a velha senhora ergueu os olhos para a moça.

– Quantos pontos são em cada carreira, mesmo? Não consigo me lembrar.

– Trinta, foi o que a senhora me disse quando começou.

– Isso! Como pude me esquecer? – o rosto da idosa se iluminou e ela retomou o crochê. – Vinte e oito, vinte e nove, trinta. Próxima carreira. Um, dois, três...

Gina deu uma cotovelada em Mauro, que tirou os olhos de Gabriela e buscou os papéis no bolso da jaqueta. Estendeu o primeiro à frente.

– Ahn... dona Anita, lembra deste desenho aqui? Foi a senhora que fez, não foi?

O prazer no rosto dela foi extraordinário. Largou a agulha e a lã, pegando a foto impressa.

– Ora essa! É a minha casa. Tenho saudades dos meus trabalhos em bico de pena. Eram muito apreciados, sabem? Este aqui eu dei para o Basílio. Ele foi um grande amigo. O melhor esgrimista do clube! Não importa que nunca tenha vencido as competições importantes, eu sei que ele era mais ágil que todos os outros. Só não era melhor que eu.

E desandou a rir, feliz da vida. Então Mauro mostrou a foto do grupo no clube, e o rosto dela se fechou, como se uma tristeza estranha se insinuasse, feito uma nuvem cobrindo o sol.

– É uma foto sua com nosso avô e outras pessoas. A senhora se lembra deles?

Anita voltou os olhos para a lã cor-de-rosa e retomou a agulha.

– Minha memória não é tão boa quanto antes. Onde eu estava, mesmo?...

A neta voltou para junto dela e ajeitou o trabalho em suas mãos.

– Fazendo uma nova carreira no cachecol, vovó. Trinta pontos por carreira, lembra?

O sorriso suave voltou ao rosto da velha senhora.

– Ah, sim, trinta. Já fiz três. Quatro, cinco, seis...

Gabriela suspirou e dirigiu-se aos dois irmãos ríspida.

– Pronto, já mostraram suas fotos e aborreceram minha avó. Podem ir, agora?

Gina fitou penalizada a amiga do avô. Ela não era tão idosa assim, era? Que doença teria, que a deixara tão confusa? Ia perguntar, mas, antes que o fizesse, Mauro se levantara e se aproximara da mulher. Mostrava-lhe a última fotografia digitalizada.

– A senhora se lembra desta espada? Pertencia ao museu, não é?

A agulha e o novelo rolaram para o chão. Dona Anita levantou-se e pegou o papel das mãos do rapaz. Mostrava-se bem perturbada, agora.

– Eu sempre disse que isso não ia dar certo. Errado, tudo errado. Muito errado.

Então tornou a despencar na poltrona e largou a foto, que caiu ao chão. Gabriela correu para acudi-la e a velhinha fitou a neta com um ar de desamparo. Suas mãos haviam perdido a firmeza com que antes fazia crochê: tremiam sem parar.

– Eu acho que vou querer o meu chá agora. Você sabe como eu gosto do chá, não é, minha querida? Eu não me lembro de muita coisa, mas sei que você sabe do que eu gosto.

– Claro, vovó – a moça respondeu baixinho, sua voz acalmando a outra. – Chá de cidreira, com uma colher de açúcar. Deixei o chá pronto, vou trazer para a senhora. Enquanto isso, por que não faz mais um pouco de crochê? Trinta pontos por carreira, certo?

– Trinta, é isso mesmo – murmurou a mulher, pegando o trabalho que a neta recolhia do chão e lhe devolvia.

Gabriela afastou-se da avó e foi abrir a porta, indicando a saída às duas visitas, sem dizer nada. Eles se levantaram; Gina parecia embaraçada e foi saindo. Mauro, porém, murmurou, bem sério:

– Por que ela falou na polícia quando nós chegamos? A polícia veio conversar com ela?

– Não tenho tempo para isso – ela respondeu ríspida. – Tenho de trazer o chá de vovó.

Como a garota já ia fechando a porta, ele apenas murmurou:

– Isto não termina aqui, e você sabe disso. Se quiser conversar, meu telefone está anotado num dos papéis.

E foi encontrar a irmã, que já o esperava no portão da rua.

– O que foi aquilo tudo? – Gina indagou ao deixarem a Travessa Brevidade.

Mas não obteve resposta. Mauro voltara ao mau humor que exibia pela manhã e passou o resto do domingo sem querer conversar.

Leinster, Irlanda, 840 d.C.

Fazia mais de cem anos que o povo de Björ realizava raides na Irlanda. Muito em breve, pensava ele, talvez alguém tivesse a ideia de montar um povoado permanente na costa, e a partir daquele ponto eles poderiam avançar mais para o interior. Contudo, por hora, essa não era sua principal preocupação. No momento, o que o preocupava era o que cem anos de ataques e saques haviam feito com o povo daquela região. Eles já mantinham vigilância na costa, e foi graças a isso que conseguiram avistar com antecedência o *langskip* e organizar uma linha de defesa. Também foi por conta desse avistamento que parte do povo da vila conseguira fugir para as cavernas da região.

Derrotar a resistência improvisada pelos camponeses foi tarefa rápida para a expedição da qual Björ fazia parte. Ele mesmo era um fazendeiro e, embora soubesse lutar, raramente participava desse tipo de campanha. Mas boa parte de seu grupo consistia em guerreiros experientes; e havia entre eles um temível *berserkir*. Contratado para servir de ponta de lança, o homem fora responsável por romper a linha da defesa e pôr os irlandeses em fuga, no melhor estilo "salve-se quem puder".

Após o início bem-sucedido do raide, Björ e seus companheiros seguiram os fugitivos. Tinham visto alguns monges nada humildes deixarem um mosteiro e fugirem junto aos outros. Acreditavam que esses homens poderiam carregar consigo preciosidades, talvez ouro e prata cristãos, e seu rastro não era difícil de seguir. Acompanhava uma trilha larga, na qual os invasores conseguiam manter um ritmo quase de corrida. Foi essa velocidade que quase pôs tudo a perder, pois, ao fazerem uma curva mais fechada, foram recebidos por uma nova linha de defesa, que os esperava em silêncio, com arcos e flechas a postos.

A primeira meia dúzia de nórdicos que avançava não teve tempo de levantar os escudos e foi atingida. Os defensores eram poucos, entretanto, e Björ concluiu que se tratava apenas de uma tentativa desesperada de ganhar tempo para os demais. Emitindo, junto aos companheiros, um grito que tanto podia ser um uivo como um rosnado, ele avançou e girou o machado acima da cabeça.

O arqueiro em cuja direção ele correu atrapalhou-se ao vê-lo e deixou cair a flecha que preparava. O tempo de que o homem precisou para recuperar a flecha e armar novamente o arco foi o necessário para Björ chegar até ele, desviar o arco com um golpe do escudo e partir a cabeça do infeliz com a lâmina do machado.

O resultado não havia sido muito diferente para os demais. Apenas mais dois vikings haviam sido atingidos durante a investida, mas o *berserkir* chamado Gunnulf logo derrubara os arqueiros responsáveis por isso e se ocupara a fazê-los arrepender-se de terem montado a linha de defesa.

Um único irlandês escapara, e o líder da expedição mandou Björ e Gunnulf seguirem-no, enquanto os demais iam atrás do grupo principal. O guerreiro de temporada não se sentia feliz em atacar sozinho com o guerreiro *furioso*, mas foi obrigado a aceitar. Na dúvida, deixou -o ir na frente; era uma imponente figura vestida com peles de urso, empunhando com as duas mãos um grande machado de cabo longo. Como não carregava escudo, era mais vulnerável a arqueiros, é verdade, mas o que eles perseguiam já deixara sua arma para trás. Björ o seguia com o machado em uma mão, o escudo na outra e uma faca longa em uma bainha na cintura, para o caso de o combate tornar-se próximo demais para golpear com o machado.

Não demorou muito até perceberem para onde o irlandês havia ido. Seguindo por uns dez minutos a trilha que saía da principal, avistaram uma pequena gruta. Junto à entrada havia grandes rochas cinzentas. Parecia que, tempos atrás, um desmoronamento tinha fechado a passagem e fazia apenas poucos anos que ela fora reaberta.

Björ refletiu que faria sentido o povo da região conhecer a gruta, mas provavelmente só teriam se dado ao trabalho de reabri-la por

necessitarem de um esconderijo durante os frequentes ataques. Se fosse esse o caso, era também possível que parte dos tesouros da vila e do mosteiro estivessem abrigados ali, junto a outros defensores.

Ele chamou Gunnulf e contou-lhe o que deduzira, mas a resposta do *furioso* foi apenas uma cusparada no chão e uma imprecação, seguidas por seu costumeiro raciocínio básico:

– Se houver só um covarde, nós matamos ele. Se houver mais alguém, nós lutamos, matamos ele e quem estiver com ele.

Entretanto, Björ não estava tão certo de que teriam sucesso.

E a imprudência de Gunnulf daria maus frutos: assim que entrou correndo na caverna, gritando para amedrontar sua presa, o fugitivo não se mostrou tão suscetível ao medo quanto o arqueiro que Björ enfrentara antes. Recebeu o guerreiro saltando das sombras e empalando-o com uma lança. Isso não impediu Gunnulf de, em sua fúria, tentar golpear o adversário repetidas vezes.

Seus golpes, já desajeitados, cortavam o ar ou até mesmo atingiam a parede de pedra, mas alguns acertaram o alvo. Coube a Björ, que vinha logo atrás, executar o camponês ferido. Ele não demonstrou nenhum medo no olhar, o que fez o viking pensar que sua fuga havia sido mera estratégia para derrotar mais algum atacante antes de morrer – o que, de fato, ele havia conseguido. A própria lança lá escondida comprovava a armadilha.

Em seguida, Björ examinou o ferimento de seu companheiro de expedição e constatou o que este já sabia: não havia nada que pudesse ser feito. Ele amparou o *furioso* para que morresse em pé, segurando firmemente sua arma. Dessa forma, sua alma poderia entrar honradamente em Valhalla, como acontecia com os vikings que morriam em combate.

Após testemunhar a morte de Gunnulf, o companheiro de combate viu que a caverna continha realmente uma preciosidade oculta. Percebeu que os golpes do machado na parede haviam causado grande estrago, derrubando lascas de rocha. Foi olhar mais de perto e viu que o que pensara ser a parede da caverna era, na verdade, um muro feito de pedras empilhadas.

Atrás das que haviam sido derrubadas havia um nicho.

– Um túmulo – concluiu, abrindo mais o buraco com as mãos.

Fraca luz que vinha da entrada permitiu-lhe ver o esqueleto, cercado por potes de cerâmica e outros objetos. Em meio a tudo isso, outra coisa chamou sua atenção. Em um nicho mais acima, havia um embrulho de tecido já parcialmente desfeito...

Ao sair da gruta e terminar de desenrolar aquilo, Björ teve em mãos uma bela espada.

O metal brilhou à luz difusa dos céus da Irlanda.

CAPÍTULO IX
Dias atuais

Na semana seguinte, a vida de Gina quase voltou ao normal.

Mauro parecia ter deixado de lado a cumplicidade dos últimos dias; ignorou a irmã todas as vezes que ela mencionou o "Projeto X". Josias e Liana andavam atarefados com seus respectivos empregos, e Conan entrou numa fase de perder pelos: teria de ser levado para banho e tosa, coisas que o cachorro detestava – e que rendiam trabalho extra à garota, encarregada de cuidar disso.

Para piorar, era época de provas no colégio. Ainda bem que nem os pais nem os professores comentavam mais o malfadado roubo; porém, a professora Marivalda continuava implicando com ela, e havia pilhas de matéria para estudar.

Certa tarde, no meio da semana, estava sozinha em casa, estudando, quando o telefone tocou. Atendeu feliz por ter uma desculpa para fazer uma pausa. E seu coração acelerou ao reconhecer a voz.

– É a Gina? Aqui é a Gabriela. O Mauro está?

A neta da velha senhora? Por que ela lhes telefonaria? Havia deixado claro que não eram bem-vindos na casa da Travessa Brevidade, especialmente depois que dona Anita havia passado mal.

– Meu irmão está na faculdade, ou num estágio, eu acho... – e, percebendo que havia algo estranho na voz dela, acrescentou: – Aconteceu alguma coisa?

Ela hesitou um segundo antes de responder:

– Aconteceu, sim. Diz para o seu irmão que a minha avó quer de todo jeito falar com vocês de novo. O mais depressa que puderem.

A garota ficou intrigada.

– Pensei que ela nem se lembrasse mais da gente.

– Eu também pensei – suspirou Gabriela do outro lado da linha. – Mas ontem o médico mudou a medicação, e hoje vovó acordou mais lúcida. Lembra cada detalhe da visita de vocês, não fala em outra coisa. Ela não me deu sossego até eu prometer que ia telefonar.

– Tudo bem – Gina não pôde evitar um sorriso. – Quando o Mau chegar, eu dou o recado e a gente liga pra você. Vamos aí assim que der.

– Certo – ela respondeu, ainda soando contrariada. – Tem o número daqui?

– O identificador de chamadas registrou. Entramos em contato ainda hoje...

Gabriela desligou sem dizer mais nada e Gina nem conseguiu voltar aos estudos naquela tarde. Mal podia esperar que o irmão chegasse. Retornariam à casa da misteriosa dona Anita!

•

Duas vezes, naquela semana, Sérgio recebeu avisos de que suas férias estavam vencidas. Quando o terceiro aviso veio – agora uma carta oficial, pedindo que ele entrasse em contato com o departamento competente para marcar o período de férias – ele sorriu consigo mesmo.

Fabrício, o detetive júnior que recentemente fora designado para ajudar em suas investigações, viu aquilo e arregalou os olhos. Era raro ver o colega sorrir.

– Que foi, alguma pista nova? – perguntou animado.

– Quase – foi a resposta de Sérgio. – Parece que eu incomodei alguém.

O rapaz olhou para a papelada espalhada na mesa do detetive sênior.

– Os casos de roubos de artefatos históricos?

Sérgio não respondeu. Escolheu alguns dos papéis na bagunça que só ele entendia, depois começou a organizar os outros.

– Ajude aqui. Vou montar um dossiê com os relatórios que temos até agora e digitalizar o que for possível. Parece que serei obrigado a tirar férias, então tudo isso vai ficar com você. Mas haverá uma cópia de segurança no sistema da delegacia e outra comigo.

– E aquelas folhas que você separou? – Fabrício indagou.

– São transcrições de alguns depoimentos e várias fotografias. Vou guardar em outro lugar, caso... caso precisemos digitalizar de novo – e acrescentou baixinho: – Você sabe como nosso sistema anda instável. A internet vive caindo e tem documentos que somem às vezes.

– E suas férias? Pensa em viajar? – o outro mudou de assunto, entendendo a insinuação.

– Ah, claro. Não vejo a hora! Acho que vou para a praia, estou precisando de um descanso.

Haviam reunido tudo numa pasta, e o detetive guardara os papéis separados em sua bolsa. Deixara o colega ver que eram fotos dos objetos roubados e que todos os documentos mencionavam, de uma forma ou de outra, certa pessoa. Quando terminaram, convidou:

– Preciso ir ao departamento resolver esse negócio das férias. Mas antes vamos tomar um café? Naquele bar que sempre fica ligado no canal de esportes... Gosto de ver os gols da rodada.

Logo os dois deixavam a delegacia, encaminhando-se a um estabelecimento próximo. Enquanto tomavam café e assistiam ao programa esportivo na grande tevê de tela plana, Fabrício sentiu seu celular vibrar e conferiu a telinha. Era uma mensagem do detetive que estava bem a seu lado, fingindo que se interessava pelas notícias sobre o campeonato de futebol. Dizia: "Estou sendo pressionado a tirar férias, mas vou ficar por perto. Enquanto isso, fique atento a estes nomes: Matias Schklift e doutor Valbert von Kurgan. Tome cuidado. Esse caso parece ter raízes profundas".

Um tanto perturbado, o investigador júnior fitou seu superior.

– Cara, você tem assistido seriados policiais demais...

Recebeu como resposta apenas um sorriso.

•

Mauro não pareceu tão animado quanto Gina quando soube que Gabriela telefonara. De qualquer forma, retornou a ligação e prometeu que ele e a irmã estariam lá em meia hora.

– Qual é o problema? – a garota bombardeou assim que ele desligou o aparelho. – É o que a gente queria, não é? Descobrir mais sobre a espada e o clube de esgrima? Se a dona Anita quer falar, ótimo. Ela é nossa melhor fonte de informações.

Porém a expressão do outro ainda era de dúvida. Conferiu a hora no celular e suspirou.

– Vou comer alguma coisa e podemos sair. Mas seria bom a gente estar de volta antes de a mãe e o pai chegarem do trabalho.

E não disse mais nada, ainda de mau humor.

Na Travessa Brevidade, desta vez, nem precisaram tocar a campainha. A garota abriu a porta da frente assim que chegaram diante do portão. Parecia ainda mais contrariada que da outra vez.

– Ah, aí estão vocês – eles ouviram dona Anita dizer assim que entraram.

Ela estava sentada junto à mesa, separando alguns papéis; o crochê fora abandonado na cestinha. Seu olhar era mais firme e sua voz mais segura. Olhando de um para outro, comentou:

– Posso ver, agora, a semelhança com o Basílio... Vocês têm o jeito dele. Sentem-se.

Os dois obedeceram, enquanto Gabriela postava-se atrás da mesa, de olho na avó.

– A senhora pediu que viéssemos – Mauro começou. – Por quê?

– Porque sua visita anterior despertou lembranças na minha cabeça – Anita respondeu, lançando um olhar para a neta. – Tenho dias ruins, esqueço muita coisa, a Gabi sabe disso. Mas parece que o remédio novo está ajudando. Então, quero fazer umas perguntas. Só para ter certeza de algumas coisas... Em que rua vocês moram? Qual o nome da sua avó? Em que ano ela e o Basílio se casaram? Como ele estava vestido na fotografia do casamento?

Mauro e a irmã se entreolharam intrigados. Responderam àquelas e a outras perguntas com a sensação de que estavam sendo testados. Afinal, a velha senhora pareceu satisfeita.

– Desculpem-me pelo interrogatório. Minha neta confirmou que vocês são mesmo os netos dele, mas eu precisava ter certeza.

Gabriela sorriu de leve.

– Vovó melhorou da memória, mas piorou da paranoia...

Retomando a palavra, Anita pegou um dos papéis sobre a mesa.

– Eu soube da morte do seu avô, há alguns anos. Li a nota numa revista da universidade que ainda recebo. Mas minha cabeça já andava confusa, tinha quase me esquecido dele... e disto aqui.

Entregou o papel a Gina, que soltou uma exclamação de alegria.

– É ela! A espada.

Mauro viu que se tratava de um cartão com o traçado, a bico de pena, da arma em questão. Lembrava o que ele e a irmã tinham visto no sonho com o avô. Mostrava com precisão os detalhes da arma e atestava a perícia de Anita como desenhista.

– Esse desenho foi feito na década de 1960, quando fiz um estágio no Museu de História. Eu estava me especializando em armas da Idade Moderna na faculdade: tinha um interesse especial por sabres e espadas roupeiras. Também passei um semestre pesquisando a evolução das espadas desde a Antiguidade e através da Idade Média... e, quando vi este sabre no museu, percebi que havia sido bastante modificado ao longo dos anos.

Gina indicou um detalhe no desenho.

– Na exposição, o cartaz dizia que ele era um "sabre de cavalaria de lâmina reta". Não é?

Ela sacudiu os cabelos brancos.

– Sim e não. Sabres costumam ser curvos. Principalmente os de cavalaria. Desde o começo notei que esta empunhadura regimental era bem mais nova que a lâmina. E o gume único... para mim, esta era originalmente uma espada de dois gumes. Deve ter sido avariada em batalha, por isso foi aplainada até eliminar as avarias e se transformar em um sabre. Eu disse isso ao seu avô.

Gabriela parecia estar entediada com a conversa.

– E daí? – indagou ela. – Que diferença faz se tinha um gume, dois gumes ou meia dúzia?

– Vocês veem como a base da lâmina, onde ela encaixa no cabo, é arredondada, e não reta? Isso é muito incomum. Basílio concordou comigo, e pesquisamos juntos. Mas ninguém mais acreditou quando eu afirmei que a origem da espada, da lâmina pelo menos, devia remontar a períodos antes de Cristo.

Desta vez até Mauro deixou o mutismo.

– Não é possível! Se a espada tivesse mais de dois mil anos e estivesse em estado perfeito...

– Valeria muito, muito dinheiro! E não estaria exposta num museu aqui na cidade; no mínimo estaria na Europa... – Gina acrescentou alarmada.

– ... Ou na coleção particular de algum milionário – Mauro resmungou.

Dona Anita tomou de volta o desenho, o rosto mudado. Sua expressão se tornara amarga.

– Foi o que eles disseram. Afinal, eu era só uma estudante e, mesmo que provasse meu ponto de vista com os melhores argumentos e pesquisas, naqueles tempos a opinião de uma mulher, ainda mais negra, jamais seria levada a sério pela comunidade acadêmica. Fui motivo de risos até no clube de esgrima. Acabei me afastando de lá, apesar de adorar o treinamento.

Mauro notou que Gabriela olhava para o teto; parecia incomodada com o rumo daquela conversa. Gina percebeu que a amargura ameaçava levar a velha senhora ao mutismo.

– A senhora desistiu de pesquisar? – ela perguntou.

– Nunca! – Anita pareceu reanimar-se. – Mas, logo que apresentei um trabalho preliminar sobre isso, uma fundação dotou o museu com uma verba para reforma das salas de exibição. Meu estágio foi cancelado e o Basílio recebeu um convite para ir à Espanha. Ele ia passar um ano lá, e deixamos de nos corresponder antes que ele voltasse. Perdemos o contato por um bom tempo.

Mauro assentiu.

– Pelo que eu sei, vovô passou dois anos estudando na Espanha e na volta foi dar aulas na faculdade estadual. Foi quando ele se casou.

– Em 1967 – Anita suspirou. – Sim. Eu também me casei naquele ano... Cheguei a visitar sua casa, com meu marido, em uma ocasião. Lembro-me do apartamento, da fotografia do casamento. Sua avó não gostava de mim. Tinha ciúmes, eu acho.

– E a senhora não encontrou mais o nosso avô depois disso?

– Não me lembro bem – ela agora parecia menos lúcida. – Sei que minha filha nasceu, o Basílio e a esposa também tiveram filhos, a vida se complicou. A universidade foi muito afetada pela ditadura militar, vocês sabem. Professores foram perseguidos, estudantes sumiram... Eu ainda tinha de lidar com a questão do racismo. Acabei me afastando da vida acadêmica, mas não desisti de pesquisar e contatei amigos na Universidade de Lisboa. Especialmente a Amália, ela ainda me escreve. Devo ter o endereço dela por aqui.

E começou a mexer nos papéis da mesa. Suas mãos estavam trêmulas agora.

– Vovó – Gabriela a interrompeu. – Está na hora do seu chá. Vamos fazer uma pausa?

– Agora não, eu preciso achar, estava aqui... Você sabe onde eu guardei as cartas da Amália?

– Não sei, não – respondeu a neta, ajudando a velha senhora a se levantar e a guiando para a poltrona. – Qualquer hora a gente encontra.

Os dois irmãos perceberam consternados a lucidez começar a deixar o olhar da velha amiga de seu avô. Ao sentar-se, ela viu a cestinha com o crochê e pegou a agulha espetada num novelo.

– Ah, eu preciso mesmo terminar isto. Quantos pontos eram, mesmo?

– Trinta, vovó – respondeu a garota. – Eu vou buscar seu chá.

Ela fitou os dois num claro convite para que se retirassem. Mauro levantou-se num átimo, mas sua irmã não teve pressa. Foi até dona Anita e pôs a mão em seu ombro.

– Qualquer dia voltamos pra conversar mais. Queremos saber mais sobre o clube de esgrima. Tudo bem?

A senhora voltou o olhar para a menina.

– Claro, minha filha. O clube... continua no mesmo lugar. Como é o seu nome?

– Gina. Sou neta do seu amigo Basílio, lembra-se?

Com um gesto tristonho, ela suspirou.

– Não sei bem do que me lembro, minha cabeça vive confusa. Mas sei de uma coisa – ela puxou a garota para junto dela, indicou a própria neta e cochichou: – Tome cuidado com aquela moça. Ela trabalha para os espiões. Muito cuidado!

O queixo de Gina caiu ao ouvir aquilo, mas não teve tempo de comentar nada. Gabriela estava junto à porta aberta, e Mauro a chamou, dizendo apenas:

– Vamos.

Na saída, Gabriela disse:

– Eu avisei que ela anda paranoica. Agora, vejam se nos deixam em paz.

– E quanto a essa Amália, de Lisboa, que sua avó mencionou, você sabe quem é?

– Você ainda não entendeu? – ela retrucou agressiva. – Vovó não está bem, tem delírios e acha que está sendo perseguida. Não existe Amália nenhuma! Ela não conhece ninguém nem em Portugal nem na China! Vão embora de uma vez e não voltem.

E bateu a porta.

Cismada, Gina encarou o irmão.

– Mas se foi ela que telefonou pra gente! E essa história de espiões e de que a neta trabalha pra eles? Vai ver a dona Anita pirou de vez, mesmo.

Mauro já estava subindo a rua quando respondeu:

– Ela tem falhas de memória e, apesar disso, consegue se lembrar das coisas quando quer. Não, Gi, dona Anita não pirou. Não podemos confiar é na Gabriela.

– Por que não? – a irmã indagou confusa.

— Porque – o outro hesitou, mas acabou revelando o que o incomodava: – *ela é a garota que anda me seguindo*. Não adiantou botar óculos e prender o cabelo, eu a reconheci desde a primeira vez. Por algum motivo, Gabriela tem me espionado na faculdade, no shopping, até na nossa rua.

A caçula não conseguiu dizer nada, abismada. O irmão instou:

— E é bom a gente apressar o passo, se quisermos chegar em casa antes do pai e da mãe.

Foi o que ambos fizeram.

Império Bizantino, 1034

O primeiro golpe veio na vertical, e Sigurd Björson levantou seu escudo para recebê-lo. Mas Eirik Alfson moveu a espada mais adiante e depois girou o punho, buscando o pescoço de Sigurd com sua ponta, em um golpe reverso. Isso obrigou o oponente a bloquear com a própria espada e acompanhar o gesto com uma investida à frente, usando o escudo para dar um encontrão em Eirik e derrubá-lo. Os homens no acampamento aprovaram com gritos e assobios quando o impetuoso jovem caiu sentado no chão, derrotado pelo amigo mais velho.

Sigurd era uma espécie de lenda entre os companheiros; todos sabiam que, durante uma incursão à Irlanda, o próprio Deus da Guerra Odin havia aparecido para um de seus ancestrais e o guiara até o túmulo de um poderoso guerreiro, onde o presenteara com uma espada mágica. Depois disso, cada primogênito da família havia se tornado um guerreiro formidável.

Quanto a ele, não confirmava nem desmentia a história, só afirmava que a espada que usava estava na família há muito tempo. O cabo

fora refeito para ajustar-se à forma tradicional viking, com uma guarda acima e outra abaixo dele, um pomo que consistia em cinco lóbulos e, é claro, uma nova bainha. O guerreiro estendeu a mão para ajudar o amigo a levantar-se, e ambos recomeçaram.

Fazia cerca de uma semana que eles acampavam às portas de Bizâncio, a mais esplendorosa cidade que o Oriente conhecera desde Alexandria. O príncipe Harald, que seus homens chamavam de Hardrada, havia partido da Noruega após um revés na guerra e levara consigo seus melhores homens. Pouco mais de quarenta anos atrás, o Imperador Bizantino, descontente com a lealdade flutuante de seus próprios soldados, recrutara os primeiros vikings para compor o corpo de elite de sua escolta de honra, dando origem à temida guarda Varegue.

No momento, o príncipe Harald e uma comitiva estavam em audiência com o Imperador Basílio II, pleiteando sua admissão como parte dos Varegues. E seus homens, entediados, treinavam, com os mais experientes mostrando golpes e fintas aos mais jovens.

Jerusalém, 1040

O calor era abrasador naquela época do ano, mais ainda na região inclemente em torno de Jerusalém. À frente do resto da comitiva, entretanto, Sigurd, o líder da escolta imperial, e seu segundo em comando, Eirik, tentavam manter o bom humor – algo difícil quando se estava cercado por inimigos.

Cinco anos de serviço ao Império Bizantino, lutando não só até as fronteiras deste, mas além delas, dando apoio aos aliados do imperador, haviam permitido a Harald Hardrada tornar-se o homem mais poderoso de toda a guarda Varegue. Seus mais leais guerreiros haviam se destacado junto a ele. Sigurd, em especial, havia conquistado sua patente na luta contra os piratas árabes que infestavam o Mar Mediterrâneo, e Eirik fora o pivô da tomada de três dos oito fortes árabes que Harald capturara para o imperador após a expulsão dos árabes da Ásia Menor.

Agora, entretanto, o império assinara um tratado de paz com o califado que comandava Jerusalém. E, se os árabes não se tornaram amigos da noite para o dia, ao menos os vikings já não estavam em guerra declarada contra eles.

Era nessas condições, sob um salvo-conduto do garoto que ocupava o posto de califa, e de sua mãe, que a expedição viajava. Os nobres bizantinos e até mesmo parte da família real desejavam visitar o Santo Sepulcro. Harald ficara em Bizâncio com o imperador e apontara Sigurd como líder da escolta, enviando trinta de seus homens com ele.

Estavam a menos de uma semana de viagem da cidade sagrada; agora, porém, os batedores estavam apreensivos. Fazia pelo menos três dias que avistavam outros batedores ao longe, como que medindo a caravana. Em uma incursão noturna, os espiões de Sigurd localizaram dois deles, mas um fugira e o outro morrera lutando, de modo que ele não tivera nenhum prisioneiro para interrogar. A única coisa a fazer era redobrar o passo e manter estrita vigilância, para o caso de um ataque iminente.

Deviam ainda viajar por três dias até o destino, quando a caravana finalmente foi atacada. Os bandidos surgiram em três frentes, tentando cercar a expedição: dois grupos armados com arcos e o terceiro com espadas curvas e escudos leves – e todos montados em cavalos descansados.

A mão de ferro de Sigurd fizera com que, mesmo sob o calor do Oriente, seus homens não só mantivessem as armaduras de anéis de aço como as disfarçassem sob túnicas da região. Quando os árabes apareceram, eles estavam prontos; os Varegues até mesmo usariam uma estratégia parecida com a de seus oponentes, segundo orientações que haviam recebido de mercadores que conheciam a região, antes da viagem. Metade deles eram arqueiros, escondidos em meio à comitiva, e a outra metade se mantivera a postos para sacar escudos e lanças e investir contra os atacantes. Assim, a proporção de três oponentes para cada defensor não os assustava nem um pouco. O mais difícil seria conter o pânico de seus protegidos.

Eirik comandou os arqueiros, direcionando as saraivadas e atirando junto a eles. Alternando ataques contra as duas frentes que também usavam arco, conseguiam mantê-las preocupadas o suficiente para darem à sua outra companhia liberdade de agir.

O grupo que pretendia aproximar-se da caravana para tomá-la estava armado de forma leve. Logo perceberam a diferença de peso entre as armas e armaduras de cada companhia, e o combate se mostrou brutal. Os que receberam a primeira investida dos defensores caíram rapidamente, e o resto começou a debandar. Sigurd, que comandava a defesa, ceifava à esquerda e à direita, girando a espada por sobre a cabeça e fazendo o sangue brilhar na lâmina sob o sol.

Quando o líder dos adversários avançou sobre ele, o golpe da cimitarra atingiu apenas a malha de aço escondida pela túnica, e o imenso nórdico aproveitou para puxar seu oponente do cavalo e jogá-lo ao chão. O homem desmaiou ao bater a cabeça; mais tarde ele seria amarrado e colocado na garupa de um dos vikings, para servir de presente aos guardas de Jerusalém.

Enquanto isso, o grupo voltou a atenção aos arqueiros que ainda assediavam a caravana. A segunda investida foi mais perigosa: quatro cavalos da expedição foram abatidos pelos atacantes, e poucos adversários eram realmente alcançados.

Os que o foram, entretanto, pagaram pelo ataque na mesma hora; e foi maior o seu desespero por não estarem armados adequadamente. Com a contraofensiva ao segundo grupo de assaltantes, o terceiro logo se dispersou.

Felizmente para Sigurd, nenhum dos nobres ou membros da família imperial, que viajavam em uma carroça fechada, bem mais protegida, foi ferido. Vários dos servos e carregadores haviam tombado, e os vikings obrigaram alguns dos inimigos, capturados com o líder, a cavar as sepulturas para enterrá-los. O filho de um dos nobres, porém, que insistira em viajar em seu próprio cavalo apesar dos perigos, havia desaparecido durante o ataque; e o comando de Sigurd foi posto em risco até que o rapaz fosse encontrado, uma hora depois.

Encontrava-se a pouca distância, com uma perna machucada; o cavalo o derrubara e fugira. Sigurd nada comentou, mas Eirik deixou escapar um suspiro de alívio. Embora a imprudência tivesse sido do próprio jovem, o nobre era influente o suficiente para que se exigisse que um dos Varegues fosse responsabilizado caso ele tivesse morrido.

Constantinopla, 1042

A masmorra era fria e úmida, o limo cobria boa parte das paredes e havia apenas uma pequena janela no alto de cada uma das fundas celas subterrâneas, o que fazia pouco para renovar o ar, e menos ainda para iluminar o lugar. Sigurd caminhava apressadamente, escondido sob um manto com capuz. Os soldados estavam praticamente desmaiados pela bebedeira, na antecâmara do corredor, mas ele tinha pouco tempo até a próxima troca de guarda.

Não precisou procurar muito para encontrar seus amigos. Em cada uma daquela dúzia de celas jazia um líder da guarda Varegue, e isso incluía Eirik e o próprio príncipe Harald. Com a morte do imperador Mikhael IV, um sobrinho que o sucedera afastara a imperatriz Zoe, sua tia e mãe do antecessor. O rapaz agira rapidamente, temendo a lealdade dos vikings a ela e ao antigo imperador; demovera Harald de seu posto e ordenara sua prisão e a de seus homens.

No entanto, Sigurd casara-se um ano antes e pedira licença da guarda, mudando-se para longe da capital do império. Sua esposa era filha de um guerreiro nórdico, um dos veteranos originais da guarda

Varegue, que se casara com a filha de um próspero mercador de cavalos. Como seu sogro herdara o negócio, no momento Sigurd atuava como responsável pela segurança de suas viagens, enquanto se esforçava para aprender o ofício de mercador.

Mas a lealdade aos companheiros era inquebrantável e ele viera, em segredo, para ajudá-los. Um punhado de ouro nas mãos certas e a cumplicidade de outros súditos leais a Zoe haviam conseguido sua vinda sigilosa, a entrada no palácio, a bebedeira dos guardas. O transporte esperava por eles tão logo estivessem livres.

Assim que se viu em liberdade, Eirik abraçou o amigo. Não se viam havia muito tempo. Agora no auge de sua força, o rapaz se tornara um guerreiro tão temível quanto seu instrutor. O príncipe Harald, entretanto, apesar de igualmente agradecido, pediu-lhes que deixassem a conversa para depois. Tão logo estava fora da cela, ele assumiu o controle do grupo, seguindo apenas as indicações de caminho ditadas por Sigurd.

Liderou os homens para fora do palácio até uma rua lateral, onde uma grande carroça esperava. Lá, cada homem ocultou-se dentro de um barril de madeira, enquanto Sigurd conduzia os cavalos. A seu lado mantiveram-se Eirik e Harald, agora também encobertos por velhos mantos.

A carroça foi um disfarce útil até certo ponto remoto da cidade. Amanhecia quando, conforme o combinado com outros grupos descontentes, Sigurd parou em uma viela e bateu à porta lateral de uma taverna. Lá dentro, mais conspiradores o esperavam para, com o famoso Harald Hadrada a comandá-los, dar início ao levante contra Mikhael IV e recolocar Zoe no poder.

Sabiam, porém, que parte da guarda Varegue havia declarado lealdade ao novo imperador; todos concordavam que esses deveriam ser os primeiros a morrer. Quando Sigurd e os demais sacaram suas espadas para um juramento, e o fogo da lareira que preparava o desjejum brilhou nelas em vermelho, prenunciando o banho de sangue, o arrepio da esposa do taverneiro foi encoberto pela empolgação dos homens.

Era o início do levante destinado a marcar o domínio de Mikhael IV como o mais curto governo do Império Bizantino.

•

A chuva castigava o porto, mas os vikings nem pareciam notar. Alguns anos tinham se passado desde que eles haviam ajudado a recolocar no poder a imperatriz Zoe. Harald, sentindo que era hora de sair de cena, pedira permissão oficial para partir; no entanto, Zoe negara.

Por isso, com a ajuda de Sigurd, tudo fora preparado para que ele e seus homens partissem às escondidas, de maneira que fosse tarde demais quando a imperatriz percebesse.

Era chegado o momento. Harald seguiria novamente para o principado de Kiev, onde servira ao Grão-Príncipe Yoroslav antes de vir ao Império Bizantino. Naquela época, ele cortejara a bela Elisiv, filha de Yoroslav, mas este negara o casamento.

Agora, entretanto, Harald tinha renome e tesouros suficientes para fazer valer seu desejo. Assim que se casasse, planejava retornar à Noruega e reivindicar o trono que fora de seu irmão.

Eirik apertou pela última vez a mão de seu melhor amigo e antigo mentor.

— Tem certeza de que não prefere vir conosco? — insistiu ele. — Com certeza Harald encontrará lugar nos navios pra você e sua esposa.

— Não, Eirik. Você sabe que não é mais tão simples — retrucou Sigurd. — Além disso, a vida longe da capital não é ruim. Tenho dez vezes mais terras do que minha família jamais teve, onde nasci. E, com um filho pequeno e um segundo a caminho, é mais sábio continuar por aqui.

— Só me prometa que vai entregar sua bela espada a seu filho em vez de deixá-la enferrujar!

— Isso eu prometo. E, se algum dia você passar por aqui, garanto que meu primogênito vai lhe dar uma surra tão boa quanto as que eu lhe dava!

Os dois caíram juntos na gargalhada, com um último abraço. Sigurd viu Eirik seguir para o navio, encobrindo a cabeça com o capuz do manto. Antes do mar Negro, seria necessário manobrar para escapar das correntes metálicas que fechavam o porto de Constantinopla, e ele tinha um mau pressentimento quanto a isso.

CAPÍTULO X
Dias atuais

Naquela noite, o Projeto X renasceu. Os irmãos voltaram ao quartinho da área de serviço e recomeçaram a analisar os papéis da caixa. Já não pensavam que havia escutas no apartamento, falavam normalmente. Custaram a achar algo relevante, só separaram um folheto sobre História e uma chavinha enferrujada. Até que, de um insuspeito envelope pardo, tiraram uma folha datilografada.

Parecia ser parte de uma carta; Mauro a olhou contra a luz e constatou que o papel era frágil, mas podia-se ler quase tudo – a exceção eram algumas linhas que o tempo se encarregara de apagar.

– Olha o que está escrito neste pedaço! – exclamou Gina, colocando o papel na mesa.

– "*Portava um sabre muito antigo*"... – Mauro leu. – É isso! Vamos tentar transcrever.

Fizeram a luz de uma luminária incidir sobre a folha. Gina pegou papel e caneta.

– Escreve aí – seu irmão começou a ditar. – "... *que pouco restou dos relatos originais, colhidos no Paraguay, mas ainda consegui... revisitar... certos anais relativos à Guerra*".

– É sobre a Guerra do Paraguai – a menina comentou animada, sem parar de escrever. – A placa no museu dizia que a espada foi de alguém que lutou nessa guerra!

– Agora tem um pedaço que não dá para ler – Mauro franziu a testa. – O papel manchou e a parte datilografada sumiu. Deixe um espaço em branco, vou continuar lá adiante.

Durante meia hora ocuparam-se em transcrever o fragmento de carta. Havia trechos apagados e termos em ortografia antiga que precisaram ser decifrados. Afinal, conseguiram um texto que fazia sentido – e que os deixou mais cismados ainda.

... que pouco restou dos relatos originais, colhidos no Paraguay, mas ainda consegui acessar certos anais relativos à Guerra. Talvez em Lisboa [trecho ilegível] *sabemos que após a República o Imperador voltou para a Europa com a filha e o genro. O Conde d'Eu parece ter sido um homem bem discreto, e poucas menções encontramos de sua atuação nas batalhas. Não obstante, uma carta dele para um companheiro de armas elogia seu imediato* [trecho ilegível] *era espanhol e de sangue nobre, e tudo indica que travaram amizade, pois serviram juntos durante a guerra no Marrocos. Consta que esse fidalgo tinha a mesma idade do Conde, e esteve a seu lado na batalha de Campo Grande, quando* [trecho ilegível] *e foi o comendador que nos mostrou um registro fotográfico do grupo* [trecho ilegível] *pois é certo que os dois relatos atestam que o fidalgo portava um sabre antigo, com características curiosas. Acredito que você consiga mais informações em obras que pertencem à Funda...*

– Que droga! – a caçula desabafou. – É mesmo uma carta, mas faltam o começo e o final. Quem será que mandou isso para o vô?

– Elementar, cara Gina Watson – o outro brincou. – Se o seu Basílio e a dona Anita estavam pesquisando sobre o sabre, que achavam que era mais antigo do que o povo do museu pensava, foram atrás de informações, e alguém que eles consultaram ajudou com estes dados.

A outra fingiu uma risadinha afetada.

– Deixe de ser chato, Maurock Holmes, isso eu já tinha entendido. O que eu quero saber mesmo é quem mandou a carta, quando e por que estão faltando pedaços!

Mauro ignorou a observação. Voltou a olhar a transcrição e comentou:

– "Acredito que você consiga mais informações em obras que pertencem à Funda..." A palavra foi cortada, mas deve ser "fundação". Uma instituição.

Gina recordou os cartazes do museu.

– Naquele dia, quando a professora Marivalda levou a gente na excursão, um monte de cartazes diziam "Patrocínio da Fundação Von Kurgan".

– E a dona Anita disse que uma fundação doou verba para o museu ser reformado – lembrou seu irmão. – A consequência foi ela perder o estágio e o vô ser convidado para ir pra Espanha.

Parecia que havia "fundações" demais envolvidas na história da espada. Mauro suspirou, desanimando diante da quantidade de coisas que ainda teriam de pesquisar.

– Vamos dar busca na internet sobre essa tal fundação. E temos de olhar o resto dos papéis na caixa do vô. Pode ser que...

– Posso saber o que é que estão fazendo aí? – uma voz interrompeu o que Gina ia dizer.

Ambos ergueram os olhos culpados para Liana, que estava parada na porta do quartinho, com as mãos na cintura. Desta vez não haviam se preocupado em esconder o que faziam, nem em colocar o cachorro de guarda na porta. A mãe e o pai estavam assistindo a um filme na tevê quando os dois irmãos tinham escapulido para mexer nos velhos papéis.

– Ahn – Mauro começou. – A gente só estava olhando umas coisas do vô...

– Pra resgatar a história da nossa família – Gina tentou, com um sorriso desenxabido.

Mas sua mãe não era boba. Havia escutado parte da conversa.

– Só me faltava essa, agora – ela desabafou. – Tive de aturar as fantasias do seu avô por muito tempo! Vocês não vão lembrar, mas por anos ele só falava nessa droga de espada. Era uma ideia fixa! E agora vocês querem embarcar nas ilusões dele?

– Mas mãe – a menina tentou argumentar –, não eram fantasias. A gente acha que...

– O que vocês acham – ela a cortou – não me interessa! Guardem já toda a velharia e esqueçam essa história!

Foi a vez de Mauro tentar.

– É que a espada que o vô pesquisava era aquela que foi roubada, e como acusaram a Gi...

Ele parou de falar, com o dedo de Liana apontando para seu nariz.

– Pensa que eu não sei? Por isso mesmo vocês vão me obedecer. Aquilo já passou, e pronto. Agora, deixem isso aí e vão cuidar da vida. Não quero mais ver nenhum dos dois mexendo aqui, entenderam? Vão para dentro!

Tanto Gina quanto Mauro conheciam muito bem as broncas da mãe; era melhor deixar que ela se acalmasse. Trataram de recolocar os papéis na caixa e devolvê-la ao local em que estivera esquecida; foram da área para a cozinha e de lá para seus quartos, trocando olhares de apreensão. Liana fechou a porta do quartinho com estrondo e voltou à sala resmungando.

– O que foi, agora? – Josias quis saber, enquanto pausava o filme na tevê.

Ela se sentou no sofá, bufando.

– Nossos filhos estavam fuçando naquelas coisas velhas de papai e discutindo as ideias dele sobre a maldita espada... Será que essa história nunca vai ser esquecida?!

O marido deu uma risadinha.

– Se eles puxaram meu sogro na teimosia, não vai, não – disse ele. – Deixe isso de lado, Liana. Vamos terminar de ver o filme.

Ela suspirou mais calma.

– É que passei anos vendo mamãe brigar com ele por causa disso... Ou eram as pesquisas por causa da droga do sabre de cavalaria, ou eram os ciúmes dela por conta do clube de esgrima. Mamãe não sossegou enquanto ele não largou o tal clube.

– Ora – o marido contemporizou. – Pela cara dos dois, depois da sua bronca, vão pensar melhor antes de ir remexer em velharias.

Ela concordou e o assunto pareceu morrer ali, com o pai e a mãe voltando a ver o filme. O que eles não sabiam, porém, era que tanto Gina quanto Mauro, das portas de seus respectivos quartos, haviam escutado o diálogo. E que novas ideias estavam surgindo na cabeça dos dois, em especial em relação ao clube de esgrima. Realmente, haviam herdado a teimosia de seu Basílio.

•

No dia seguinte eles não foram fuçar no quartinho, mas tiveram quinze minutos de intervalo após o pai e a mãe irem para o trabalho, e antes de ambos também saírem – ele para a faculdade, ela para o colégio. Esse tempo foi utilizado no computador da sala.

– O que a gente pesquisa primeiro? O clube? A fundação? – Gina indagou.

– Como diria nosso avô, ambas as coisas – foi a resposta de Mauro, abrindo duas janelas num aplicativo e iniciando duas buscas.

A primeira logo exibiu resultados: ele havia digitado "clube de esgrima" junto ao nome completo de seu Basílio. Desta vez obtiveram algo bem específico.

– Quinze entradas que incluem todas as palavras – o mais velho entusiasmou-se. – E em cada uma delas o nome do lugar é o mesmo! Clube Real de Esgrima. Tem um endereço?

– Deixa ver... Tem. Anota aí: Rua do Algarve, 840. Encontramos!

– Onde será que fica isso?

– Não sei, mas podemos descobrir à tarde. Vamos ver a outra pesquisa.

A busca sobre a Fundação Von Kurgan fora mais demorada e trouxera mais de trinta mil resultados... Os irmãos se entreolharam agoniados. Demorariam dias para analisar tudo aquilo. Mas Mauro foi prático:

– Vamos clicar na primeira entrada e imprimir as páginas principais. Parece ser a que tem mais informações, e posso ler durante as brechas que tiver na faculdade.

Assim fizeram. Após quatro páginas impressas e uma olhada para o celular, ambos notaram que teriam de correr, se não quisessem atrasar-se.

– A gente se fala na hora do almoço – Gina propôs, quando se separaram, já na rua.

●

Para surpresa de Mauro, a irmã não esperou que se encontrassem em casa. Foi à sua procura bem antes da hora do almoço e deu com ele na cantina do campus tomando um suco.

– O que está fazendo aqui? – ele indagou um tanto irritado.

– O professor da última aula faltou e fomos dispensados – explicou a garota, colocando diante do outro um papelzinho com os dizeres "Clube Real de Esgrima. Rua do Algarve, 840".

Gina sabia que o temperamento de seu irmão andava instável nos últimos tempos, uma verdadeira montanha-russa de sentimentos. Ora ele se mostrava indiferente a tudo, ora irritado – em especial com a garota que o seguia. Ou entusiasmava-se, curioso com a questão da espada roubada, ou parecia deprimido. Esperava que, naquela hora, ele voltasse a se importar com o mistério que os cercava, espicaçado pela proibição da mãe de continuarem investigando o assunto.

Deu sorte. Mauro teria ainda uma aula, mas decidiu faltar; já havia garantido passar naquela matéria e pareceu abandonar a irritação.

– Quer ir lá agora, Gi? – foi só o que disse, enquanto devolvia a mochila aos ombros.

– Por que acha que vim até aqui? – ela respondeu, sorrindo.

Pesquisar a localização da tal rua no celular foi questão de um minuto.

– Não fica longe – declarou o universitário. – Se a gente pegar o ônibus que vai para o centro, em dez minutos estaremos lá.

●

Não havia nenhum tipo de placa ou indicação no prédio de três andares; apenas o número 840, fixo à parede em algarismos de metal que aparentavam ter décadas de idade. Várias janelas estavam pregadas com tábuas, assim como duas portas laterais. O pequeno edifício devia ser pouco ocupado; junto à porta do meio não havia campainha, mas a entrada parecia destrancada.

– Tem de ser aqui – resmungou Gina, empurrando a porta, que se abriu.

Deram numa escadaria. Os dois subiram um lance, pararam num saguão com uma porta fechada; ouviram vozes lá em cima. Subiram mais um lance e chegaram a uma saleta com um balcão à frente de três portas. Sobre ele, folhetos de propaganda diziam "Clube Real de Esgrima".

– "Instrutores qualificados. Aulas individuais e coletivas. Faça uma aula-teste" – foi o que Mauro leu após pegar um deles.

A irmã ia comentar algo, mas nesse instante um senhor forte, que aparentava quase sessenta anos, emergiu de uma das portas e veio para trás do balcão.

– Bom dia – cumprimentou ele, jovial. – Interessados numa aula-teste? Posso agendar.

Demonstrando que estava realmente animado, Mauro sorriu de volta e disse ao homem:

– Na verdade, eu e minha irmã esperávamos algo mais imediato. Estamos no intervalo das aulas e não temos muito tempo. Se pudéssemos ver o lugar...

– Claro – o sujeito concordou. – Sou o professor Ricardo, gerente do clube. Venham comigo. Hoje temos apenas um esgrimista treinando, posso mostrar nossas instalações. Como se chamam?

Os dois disseram seus primeiros nomes e seguiram o homem para uma das outras portas. Deram num corredor de onde saíam várias salinhas. No final, parecia haver uma espécie de ginásio.

Enquanto os guiava, o professor ia contando que o clube era bem antigo, filiado à Federação Internacional, e que muitos atletas olímpicos haviam treinado ali. Mostrou de relance uma sala cheia de troféus, onde uma moça digitava num computador. Mauro podia jurar que era o mesmo local em que o avô e dona Anita tinham sido fotografados com o grupo. Olhou para Gina, mas a irmã estava fitando Ricardo com a testa franzida, como quem tenta se lembrar de algo.

– Conheço esse homem de algum lugar – murmurou ela. – Você não tem essa sensação?

Mauro ia negar, porém estacou sem dizer nada. Haviam chegado ao final do corredor, que realmente se abria num ginásio. Lá, os irmãos viram que havia uma pessoa usando equipamento básico de esgrima, luvas e colete protetor.

O esgrimista deixava uma pista longa e estreita, como quem acabou de praticar. Portava uma espada com a mão direita e com a esquerda removeu a máscara metálica que havia usado no treino. Longas tranças afro se soltaram e emolduraram seu rosto negro.

Era Gabriela.

Jerusalém, Terra Santa, 1161

A sacralidade do local e a seriedade da cerimônia que testemunhavam estavam estampadas no rosto de todos os presentes. Na maioria, eram peregrinos que haviam percorrido muitos quilômetros para chegar a Jerusalém e visitar o Santo Sepulcro; portanto, tal êxtase era mais que natural. Havia uma exceção, contudo...

Gregório, o homem que era alvo da cerimônia, já nem se lembrava de seu antigo nome. Por um lado, aquele local se tornara uma segunda casa para ele; embora amasse o Santo Sepulcro com toda a sua fé, a atmosfera do lugar não era uma novidade, e sim uma constante; passava a maior parte de seus dias no antigo túmulo ou na igreja construída acima dele. Por outro lado, aquele momento prometia ser o mais importante de sua vida. E assim ele sempre o consideraria.

Bizâncio, Império Bizantino, 1147

Fazia quase uma década e meia que os peregrinos haviam percorrido o Império Bizantino. Eram membros da Segunda Cruzada, convocada pelo papa Eugênio III e por Bernardo de Claraval, a qual contava com os próprios reis da França e da Germânia, decididos a combater o Islã.

Na ocasião, Gregório era pouco mais que uma criança; mas o entusiasmo dos devotos e a imponência dos cavaleiros de origem nobre o impressionaram quando a imensa caravana parou em sua cidade. Seu irmão mais velho, que cuidava da criação de cavalos da família desde que o pai falecera, estivera ativo com a venda de montarias aos nobres europeus naqueles dias.

O garoto pôde, então, observar cada detalhe da vida dos homens em peregrinação. E decidiu, em segredo, juntar-se a eles. Ao contrário do pai, que, apesar de ortodoxo, sempre tivera em vida um mal disfarçado orgulho de suas origens vikings, a família da mãe de Gregório fora cristã por gerações, e ela ainda era muito ligada à igreja romana. Assim, a cruzada que iria para a Terra Santa falava diretamente ao seu coração. Quando o filho mais novo decidiu partilhar o segredo e lhe contou a intenção de juntar-se à cruzada, a mãe relutou em perdê-lo, mas prometeu seu apoio.

Isso não teria acontecido, é claro, se o mais velho não tivesse viajado às pressas poucos dias antes de a caravana retomar seu caminho. A possibilidade de um generoso negócio na Grécia o havia impelido a embarcar rumo ao Mediterrâneo, o que dava ao mais novo algum tempo de vantagem.

O nome da família de sua mãe estivera ligado à pequena nobreza da França; esse nome e o mínimo treinamento com espada e escudo que o pai lhe dera, herdado do avô varegue, foram suficientes para que o jovem conseguisse a posição de escudeiro de um cavaleiro humilde – para não dizer decadente – que viajava sozinho. O homem tinha bom coração e poucos recursos; um escudeiro jovem viria a calhar.

Foi nesse momento que o menino deixou para trás o antigo nome, ainda ligado às raízes nórdicas de seu pai. E, em alusão à viagem de seu irmão à Grécia, que considerava providencial para sua nova vida dedicada à cruzada, adotou o nome de Gregório. Quando o irmão retornou, a expedição já estava longe. Embora ele tenha ficado magoado com a mãe por acobertar a fuga do caçula, não ousou agir contra ela. Uma coisa, entretanto, o mais velho nunca perdoou: o caçula ter levado consigo a espada que era uma herança de família.

Uma vez na estrada, Gregório defrontara-se mais com desventuras do que com a gloriosa vida de aventuras que imaginara. Seguindo com o exército francês, tivera a oportunidade de aprimorar suas habilidades e conhecer de perto a morte de companheiros em batalha. Até mesmo vira, entre as fileiras de nobres, a rainha Leonor, Duquesa da Aquitânia e esposa do rei, que lhe causara forte impressão.

No entanto, pouco após a chegada da caravana à Ásia Menor, a retaguarda da expedição fora emboscada pelos turcos, que já haviam dispersado a outra metade da cruzada, o exército da Germânia. Depois disso, as tropas acabaram por dividir-se, pois o rei Luís VII da França começara a disputar o controle da expedição com Leonor, sua esposa. Ele forçara Leonor e seus soldados a acompanhá-lo, mesmo quando realizara um malsucedido ataque a Damasco, em vez de tentar a reconquista de Edessa como o Papa, originalmente, havia ordenado. A expedição acabara, portanto, em fracasso; e os monarcas voltaram à Europa.

Gregório não desejava retornar para casa. Amadurecido pelas batalhas, resolvera peregrinar até Jerusalém e acabara por estabelecer-se na Terra Santa. Lá havia conhecido a Ordem do Santo Sepulcro, formada por cavaleiros e homens comuns que juraram proteger o local que consideravam como o túmulo temporário de Jesus antes de sua ressurreição.

Jerusalém, Terra Santa, 1161

O rapaz passara anos buscando mostrar seu valor para a ordem e concluindo o treinamento como cavaleiro. E naquele dia, doze anos após o final da Segunda Cruzada, tudo se completava.

Para os peregrinos presentes, a cerimônia pública que consagrava Gregório como um cavaleiro do Santo Sepulcro era algo inédito. Para ele, era algo já sabido de cor, e em cujo centro ele várias vezes sonhara estar presente.

Sua voz fraquejava, tomada de indescritível emoção quando, ajoelhado, repetiu uma prece com o cavaleiro que o investia. Cada voto foi respondido com o ardor de seu coração, fosse relativo à obediência ao rei de Jerusalém, fosse quanto a proteger as viúvas e os órfãos, assim como o voto final, de dar a sua vida para proteger o Sepulcro contra os infiéis.

O cavaleiro o armou, afivelando ao redor de sua cintura um cinturão do qual pendia a antiga espada da família de Gregório. Este, ainda ajoelhado, sacou a arma e entregou-a ao cavaleiro, que tocou um e depois o outro dos ombros do novo membro da ordem com a lâmina, devolvendo-lhe em seguida a espada. Gregório guardou-a na bainha e, levantando-se, colocou seus pés sobre o túmulo, primeiro o direito, depois o esquerdo, para que lhe fossem afiveladas as esporas ao redor das botas. Portando em si a espada e as esporas, e assim já oficialmente reconhecido como um irmão, os membros veteranos da Ordem Equestre do Santo Sepulcro de Jerusalém o puxaram para junto de si; beijando-o nas faces, recomendaram que fosse um cavaleiro sincero em sua fé, e que fosse justo e piedoso acima de tudo.

Jerusalém, Terra Santa, 1187

Amaldiçoando novamente os atacantes, Gregório sabia que não havia muito que pudesse fazer. Uma nova série de disparos conjuntos das catapultas havia aberto uma brecha na muralha da Cidade Santa. Orações ou maldições não fechariam a passagem antes que os invasores entrassem... O cavaleiro correu na direção do rombo e conclamou os homens sob seu comando a seguirem-no. Isso lhe forneceu o tempo exato de chegar à entrada improvisada já decapitando o primeiro inimigo que adentrava a cidade, impedindo em seguida um segundo com um chute no peito e recebendo o golpe de um terceiro em seu escudo.

Desse momento em diante, as espadas não pararam até que o primeiro grupo de invasores fosse praticamente dizimado e os sobreviventes recuassem.

Sua ousadia, embora levasse à morte vários de seus comandados, ganhou tempo para a chegada de um segundo destacamento de defensores, este liderado por um dos poucos templários que restavam em Jerusalém. Com a quantidade de guerreiros da cidade já bastante reduzida pelo cerco, que se alastrava há mais de uma semana, coube a cada cavaleiro veterano que estava na cidade o comando de um ou mais pelotões. Infelizmente, estes eram formados na maioria por cidadãos que não estavam preparados para combater a fúria dos muçulmanos.

Gregório nunca dera muita atenção ao outro cavaleiro, que conhecia de vista e julgava chamar-se Maurice. Contudo, nesse momento o que importava era unirem forças para evitar a queda da cidade diante de Saladino – e isso, no momento, parecia impossível.

A segunda leva de invasores parecia contar, no mínimo, com o triplo do tamanho da anterior. Vendo que os mouros se aproximavam,

Gregório e Maurice entreolharam-se e, numa decisão muda e conjunta, entraram em ação: lideraram seus homens para fora da proteção fornecida pela muralha. Ao menos dessa vez, tomariam os atacantes de surpresa.

Conduzindo os dois pelotões como um só, eles formaram com os milicianos um quadrado de defesa que, após o primeiro choque, rapidamente se expandiu para os lados em uma linha circular, flanqueando os muçulmanos. Em seguida, fechou-se em volta destes, buscando eliminar o grupo.

A estratégia teve bom resultado; mas também cobrou seu preço, pois uma pequena tropa montada, formada por batedores, na maioria arqueiros, estava à espera de ação na vanguarda do inimigo. Prevendo o massacre iminente dos companheiros, avançaram contra os homens de Gregório, que haviam flanqueado ativamente o inimigo e tinham se afastado mais da muralha. Sem se importar com os próprios companheiros, avançaram atingindo igualmente atacantes e defensores.

Mais de um terço do grupo liderado pelo cavaleiro que jurara defender o Sepulcro foi apanhado desprevenido e caiu antes de entender o que acontecia. O efeito dramático foi suficiente para que parte dos homens de Maurice dessem as costas à batalha e fugissem, ignorando as ameaças do templário – ele prometia executar pessoalmente qualquer um que recuasse.

Entretanto, alguns foram forçados a recuperar o ânimo após a reprimenda. Formaram uma segunda linha atrás dos companheiros que agora se defendiam como podiam. Erguendo uma improvisada parede de escudos, eles avançaram, buscando intimidar o grupo de arqueiros.

Os muçulmanos atacavam em ondas, com quatro ou cinco cavaleiros fazendo uma rápida passagem perto do grupo e retornando a uma posição segura após disparar várias flechas, gerando uma espécie de carrossel mortal. Além de Maurice, apenas mais dois ou três homens carregavam consigo bestas, com as quais buscavam revidar; era uma estratégia lenta e insuficiente para derrotar os atacantes, mas ajudava-os a avançar um passo de cada vez na direção de seus companheiros caídos. Porém, a quantidade de flechas vindas da direção oposta era muito maior e eventualmente acertava de forma letal os alvos, o que enfraquecia a posição dos defensores e fazia o transcorrer de segundos parecer uma eternidade para aqueles que recebiam nos escudos o impacto das setas.

Pouco a pouco, os defensores de Jerusalém avançavam de modo a proteger atrás de si os companheiros que haviam tombado. Os menos feridos desajeitadamente arrastavam os demais para trás da muralha de guerreiros. E o tempo parecia correr contra eles.

A cada grito de um companheiro atingido, parecia que a única salvação estava em esperar que as flechas inimigas se acabassem antes que todos os homens na resistência tombassem. A situação mudou com a chegada de dois grupos que avançaram para fora da muralha para atacar os batedores de Saladino. Provavelmente eram parte dos besteiros que protegiam aquele lado da cidade e haviam saído com um grupo de milicianos para apoiar o resgate de seus companheiros.

Vendo a chegada do reforço, o líder do grupo de muçulmanos decidiu ordenar a retirada, já que, mesmo a cavalo, eles não teriam como resistir caso fossem alcançados pela força mais numerosa. Porém, quando Maurice finalmente alcançou Gregório, era tarde demais. Quatro ou cinco flechas haviam causado pequenos ferimentos, dos quais ele poderia até se recuperar com o tempo, mas outra atingira a coxa do cavaleiro junto à virilha e causara abundante sangramento.

– Irmão – disse Maurice, amparando a cabeça do cavaleiro –, aguenta. Vou levar-te para...

– Não – a voz de Gregório soou, fraca porém decidida. – Deixa-me morrer aqui.

Ambos sabiam que não havia salvação. O templário respeitou a decisão do outro, pois reconhecera a lividez dos que estavam prestes a partir.

Fez uma curta prece, que foi ouvida pelo ferido com os olhos fechados. Quando terminou, a mão de Gregório apertou, com força, o cabo da espada – que não largara em momento nenhum – e ergueu-a um pouco, usando as últimas forças para dizer:

– Obrigado... Não deixe...

Não chegou a terminar a frase. Maurice, porém, sabia qual o desejo do moribundo. Não queria que sua espada caísse nas mãos dos inimigos. Hesitou, mas, ao perceber que Gregório exalara sua última respiração, aceitou a incumbência. Fechou os olhos do cavaleiro morto e ignorou os próprios ferimentos para carregar o corpo daquele que dera a vida para defender a Terra Santa.

Em poucos dias veio a notícia da rendição de Jerusalém. Saladino oferecera termos generosos e, embora o templário visse o fato como uma traição a Gregório e aos demais guerreiros que haviam caído durante o sítio da cidade, o povo preferia uma derrota que lhe garantisse a vida e a liberdade ao prolongamento do cerco; caso contrário, a cidade chegaria à exaustão e a morte da população viria por fome ou doenças. O líder muçulmano permitiria até mesmo que os cavaleiros partissem, embora soubesse que cada um deles, provavelmente, juraria voltar um dia.

Assim, foi a contragosto que Maurice seguiu junto a uma coluna de exilados, levando consigo a espada que inesperadamente recebera. Ele agora a considerava como um patrimônio – não seu, mas de sua ordem. Ao olhar para trás e ver, pela última vez, as muralhas da Cidade Santa, jurou ao espírito do Cavaleiro do Santo Sepulcro que ela seria empunhada, no futuro, com o mesmo vigor com que fora usada no cerco de Jerusalém.

CAPÍTULO XI
Dias atuais

Gabriela quase surtou ao ver os dois irmãos. Ia esbravejar, mas um sorriso irônico no rosto de Mauro, que se recuperava rapidamente da surpresa de vê-la ali, a fez desistir.

Ela simplesmente fechou a cara e, sem notar o clima pesado, seu Ricardo os apresentou.

– Gabi, estes são o Mauro e a Gina. Estão interessados em aulas de esgrima.

– Não me diga – a garota soltou sarcástica. – E eles disseram por que é que querem aulas?

Um tanto desenxabido, o gerente fez o olhar ir dela para eles. Havia algo estranho ali.

– Não, eles querem... Vocês já se conheciam?

Foi Gina que respondeu, enquanto o irmão e a garota trocavam olhares mais perfurantes que a arma que ela tinha em mãos, cuja empunhadura apertava com força.

– De passagem. Mas a gente não sabia que ela esgrimia, nem que frequentava o clube.

Tomando uma decisão, ela falou, sibilando como uma serpente traiçoeira:

– Na verdade, professor, o avô deles era amigo da minha avó. Esses dois são netos do seu Basílio. O senhor se lembra dele, não é?

Foi a vez de o homem ficar boquiaberto. Fitou-os de maneira totalmente diferente.

– Sim... Eu era jovem, mas é claro que me lembro – respondeu, retomando a compostura após alguns segundos. – Seu Basílio foi um de nossos mais destacados esgrimistas, tempos atrás. Suponho que ele tenha praticado com vocês? Quero dizer, faz anos que ele faleceu, eu sei, mas...

Mauro olhou para ele com ar de desafio.

– Nosso avô teve tempo para me ensinar várias coisas. Postura, posições de guarda, alguns ataques. Está tudo bem fresco na minha memória.

– Está mesmo? – perguntou Gabriela com um sorriso maligno. – Então que tal uma aula-teste? Para a gente verificar seu... como é que se diz? Estágio de aprendizado.

Ela prendeu as *braids*, recolocou a máscara e apontou a espada para ele.

– Ah, não seria adequado – o professor tentou contemporizar. – Quem realiza as aulas-teste é o instrutor dos iniciantes, e ele não está aqui hoje. Vamos agendar para a semana que vem.

Ignorando-o, Mauro caminhou para a pista. A garota o acompanhou, indicando uma prateleira a um canto.

– Ali tem equipamento para treino: colete, luvas e máscara. Vou buscar outra espada.

Enquanto ela entrava em uma das salas no corredor e o rapaz se preparava com os paramentos, seu Ricardo voltou-se para a irmã, agora com um ar um tanto agressivo.

– Afinal, por que vocês vieram aqui? Querem mesmo aprender esgrima?

Gina pôs no rosto sua melhor expressão de inocência.

– Claro! Descobrimos recentemente que nosso avô era membro deste clube e achamos bem legal. Eu era pequena quando ele morreu, mas o Mau teve tempo de aprender um pouco e pegar gosto pelo esporte, sabe.

– Entendo – comentou o gerente. – E suponho que isso não tenha nada a ver com certa espada que foi roubada no Museu de História... Eu vi a notícia nos jornais.

O sorriso cândido da garota se alargou, mantendo-se firme.

– Pois é, isso não foi horrível? Roubarem um museu! Ficamos bem chateados.

– Aliás – Ricardo franziu a testa desconfiado –, disseram que uma estudante estava implicada no roubo... Em que colégio você disse que estuda, mesmo?

Gina não respondeu. O som de metal em choque a fez deixar Ricardo falando sozinho e ir para junto da pista de treinamento; Gabi e Mauro tinham começado a esgrimir.

Ao ver aquilo, o instrutor também se aproximou, parecendo alarmado.

– Gabi, esse não é o equipamento certo! Usamos espadas de madeira para os iniciantes!

Mas nem ela nem seu oponente prestaram a mínima atenção a ele, ocupados em brandir as espadas – que não eram *mesmo* as armas apropriadas para um início de treinamento – em deslocamentos e ataques.

Logo ficou óbvio que, embora Mauro se esforçasse e usasse as posturas corretas ensinadas por Basílio, não tinha a menor condição de enfrentar uma esgrimista como Gabriela. Ela era ágil e bem treinada; em poucos minutos o havia desarmado e apontava a ponta da lâmina para seu peito.

– Vá pra casa, menino, desapareça – a garota falou baixinho, para que só ele ouvisse. – E deixe minha avó em paz! Ela não precisa que ninguém apareça para alimentar suas fantasias.

Ele abriu os braços, como quem se rende, e respondeu no mesmo tom:

– Com prazer. Assim que você explicar por que anda me espionando. Eu sei muito bem que esteve me seguindo, perto da faculdade, na esquina de casa, no shopping. Por quê?

– Você é maluco – disse ela, baixando o olhar e dando-lhe as costas.

Foi colocar o equipamento na prateleira. Ele a seguiu para fazer o mesmo.

– Não, não sou maluco e você sabe disso – ele continuou murmurando. – Enquanto não tiver respostas, não vou desaparecer. Mesmo porque você apareceu na minha vida primeiro!

Ela relanceou o olhar para seu Ricardo e Gina, que os observavam em silêncio, do outro lado da pista de treinamento. Suspirou.

– Tá. Eu segui você porque a polícia foi lá em casa no dia seguinte ao roubo da espada. Tinham visto um artigo de vovó sobre o sabre de cavalaria na internet. Fiquei cismada com o que o detetive disse sobre a sua irmã, que ela estava implicada no roubo. Descobri seu endereço e te segui para descobrir que tipo de gente vocês eram...

Mauro viu que ela estava mentindo, mas deixou por isso mesmo. Apenas indagou:

– E chegou a alguma conclusão sobre que *tipo de gente* nós somos?

Ela pegou as espadas e encaminhou-se para a outra sala, dizendo apenas:

– Gente intrometida!

Passou por Ricardo com a cara fechada; o gerente cruzou os braços ao encarar os irmãos.

– O que é que está acontecendo aqui?

Foi Gina que respondeu, mais uma vez mantendo a inocência no olhar:

– Nada, oras. Assim que for possível, podemos marcar a tal aula-teste para iniciantes. Acho que daqui a umas duas semanas nós teremos uma brecha, não é, Mau?

•

No jantar daquela noite, era Josias que estava irritado. Liana parecia calma, depois do desabafo do dia anterior – e de ter trancado a porta do quartinho na área de serviço. Mas seu marido comeu pouco, resmungou muito e foi logo para o sofá, querendo assistir ao noticiário.

– O que deu nele? – Gina perguntou, assim que o pai deixou a mesa.

Liana serviu suco para os filhos, sem tirar os olhos da jarra.

– Josias anda preocupado com o trabalho, nada de mais. Logo passa.

Porém uma piscada de Mauro deu a entender que sabia do que se tratava, e a irmã se calou.

– Que tal jogar videogame, Gi? Eu preciso desestressar um pouco.

– E eu, então? Hoje foi a última prova do bimestre. Nem acredito que acabaram!

No quarto do mais velho, eles escolheram um game, ligaram o console e começaram a jogar.

– Você sabe qual é o problema? – a mais nova quis saber.

– Sei. Ouvi a conversa deles na cozinha, quando chegaram. Parece que tem um detetive novo no caso da espada roubada, e ele ligou para o pai, no trabalho dele.

Gina explodiu um alienígena no jogo com raiva, antes de exclamar:

– Que droga! A polícia ainda desconfia de mim?

– Isso eu não sei. A mãe e o pai comentaram que o detetive Sérgio, que foi no seu colégio e veio aqui, saiu do caso. Quem ligou foi um tal Fabrício. Ele quer marcar uma conversa com os dois.

Ficaram em silêncio por um tempo, jogando. Até que a menina comentou:

– Isso é esquisito. Se eu sou suspeita, por que o cara não pediu pra falar comigo? E não é estranho o outro investigador sair do caso?

– Muito estranho – Mauro concordou. – Aliás, tudo nesse caso é estranho. A Gabriela, no clube de esgrima, disse que a polícia foi lá interrogar a avó dela, na época do roubo da espada.

– Não deve ter adiantado muito – Gina sorriu–, se pegaram a dona Anita num dos ataques de esquecimento ou de paranoia. O que mais ela disse?

– Disse que foi por isso que ela começou a me seguir. Mas, sabe de uma coisa? – o outro confidenciou. – Ela já me seguia *antes* de a espada ser roubada!

Jogaram mais um pouco, enquanto ruminavam o assunto.

– Mau, ia esquecendo de perguntar. Você leu o que a gente imprimiu sobre a tal fundação?

Recebeu um suspiro como resposta.

– Li, mas só vi abobrinhas, coisas genéricas. Não tinha os nomes dos diretores, ou sei lá quem é que manda no lugar. Deu para ver que essa fundação Von Kurgan é antiga e muito, muito rica. Funciona numa casa em bairro nobre da cidade e está metida com tudo que é museu, aqui e na Europa. Fazem bastante filantropia, ajudam estudantes pobres, dão bolsas de estudo, essas coisas.

– Bolsas de estudo... como a que o vô recebeu quando foi estudar na Espanha?

Uma troca de olhares entre os dois mostrou que cada um sabia o que o outro pensava.

Será que fora essa a fundação que havia mandado Basílio para fora do país, no momento em que ele e Anita pesquisavam as origens do sabre de cavalaria? E, se era a patrocinadora da exposição atual do museu, alguém de lá poderia estar implicado no roubo?

– Amanhã – Mauro propôs – a gente pode pesquisar mais sobre eles. Melhor usarmos um computador da biblioteca da faculdade. Assim o pai e a mãe não podem pegar no nosso pé.

Gina concordou com a cabeça. E os dois continuaram jogando videogame até a hora de dormir.

●

Era tarde quando o investigador Fabrício se preparou para deixar a delegacia. Estava tão exausto que havia perdido a fome; só queria um banho e cair na cama.

Antes que saísse, porém, ouviu um toque de mensagem em seu celular.

Não reconheceu o número, mas abriu o texto. Era de Sérgio e dizia apenas: "Como vão as coisas? Dê notícias. Estou *na praia*, mas pode contar comigo, se precisar. E vou te mandar um anexo. Descobri umas ligações interessantes, dê uma olhada. S."

Fabrício soltou um suspiro e baixou o anexo. Deixaria para ler aquilo em casa.

Quando o colega saíra de férias, ele pensara que todas as precauções em montar um dossiê e digitalizar documentos fossem sinal de uma bela paranoia. Agora, ele mesmo estava em vias de se tornar paranoico... Desde que assumira a investigação dos roubos de objetos históricos, só esbarrava em pistas que não davam em nada. E sempre que algum indício se mostrava promissor, envolvia a Fundação Von Kurgan, a qual, segundo ordens expressas do delegado titular daquele distrito, "não devia ser envolvida" no assunto.

Chegara a telefonar ao pai da menina que fora suspeita, para marcar uma conversa. Mas não esperava que algo útil saísse disso.

"A não ser que..."

Uma nova ideia brincou em sua cabeça. Deixando o distrito, pegou o metrô e, ali mesmo, abriu o anexo na mensagem do celular. O que leu o fez erguer as sobrancelhas surpreso. Com aquelas novas informações, a ideia que tivera podia, mesmo, dar frutos.

Estava tão absorto em pensamentos que quase perdeu a parada do metrô. Saiu do trem segundos antes de ele fechar as portas e deixou a estação, pensando em parar para comer algo.

A mensagem de Sérgio fizera seu apetite voltar.

•

"Problemas, problemas, problemas", pensou o homem ao apagar a luz de sua sala e sair num dos corredores do museu. Olhou o celular, percebendo que perdera o jantar com a família pela milionésima vez desde que se tornara diretor da instituição. Sempre havia encrencas para quem trabalhava com cultura e memória, mesmo antes que invadissem o local e roubassem um artefato histórico valioso. Ia para o saguão principal, quando uma secretária o chamou da sala mais próxima.

– Ah, que bom que ainda peguei o senhor aqui! Tem uma pessoa à sua procura na recepção.

O diretor ia dizer que já havia encerrado o dia de trabalho e que mandassem o visitante voltar outro dia, mas deu uma olhada na virada do corredor e viu quem era a tal "pessoa".

– Ninguém merece... – murmurou com resignação; teria de recepcionar o visitante.

Aprumou o corpo e caminhou com firmeza para a recepção do Museu de História.

– Boa tarde, senhor Diretor – disse o sujeito que aguardava.

– Creio que já seja boa noite, doutor Von Kurgan. Em que posso ajudá-lo?

O recém-chegado era um homem alto, de olhos claros e cabelos grisalhos curtos. Atlético e bem-vestido, não aparentava a idade que tinha, e que apenas algumas rugas no canto dos olhos denunciavam, quando sorria. Como, porém, o poderoso presidente da fundação que levava seu nome pouco sorria, muita gente ficava na dúvida em considerá-lo idoso.

– Vejo que está de saída, meu caro. Não se detenha por minha causa. Gosto de passar aqui de tempos em tempos para ver o acervo, como sabe. Agora que a exposição que a Fundação patrocinou se encerrou, vim conferir suas novas instalações.

– Sim, claro. De fato, eu estou de saída, mas as salas ficam abertas ao público até mais tarde.

– E... houve novidades no caso das investigações policiais em curso?

O diretor fez que não com a cabeça.

– Nada de novo. Se quer minha opinião, a polícia está perdendo tempo. Investigando adolescentes! Esse roubo não foi realizado por amadores. Já disse ao delegado responsável, estamos lidando com uma quadrilha internacional. Não se lembra dos roubos de artefatos que houve na Espanha, no ano passado? Sinto cheiro de uma ação de contrabandistas. E podem até ser os mesmos que atuam na Europa.

Com um sorriso de superioridade, o presidente da fundação retrucou:

– Não concordo, meu caro. Tudo indica que a garota que eles investigam está implicada. De qualquer forma, não vou retê-lo. Uma boa noite!

– Boa noite – o diretor apressou-se a encerrar a conversa. – Fique à vontade.

E saiu após cumprimentar o homem.

Aparentemente sem pressa, o doutor Von Kurgan pegou, num bolso do paletó Armani, uma caixinha. Abriu-a, tirou um par de óculos de grife, colocou-os e foi examinar a sala contígua, onde haviam sido expostos os objetos da mostra anterior – inclusive o sabre que fora roubado – e que agora abrigava cerâmicas e machados de pedra indígenas, além de coloridos exemplos de arte plumária e de cestaria.

Estava analisando os objetos expostos há alguns minutos, quando uma porta no fundo da sala se entreabriu e uma voz murmurou:

– O último relatório está aqui.

Von Kurgan não se abalou. Continuou olhando tudo que estava exposto e lendo as etiquetas com a maior calma. Ao aproximar-se da porta, apenas estendeu o braço discretamente; a pessoa por trás da porta entreaberta lhe entregou um envelope, que ele guardou no bolso interno do paletó.

Nenhuma palavra mais foi trocada. A porta se fechou e o visitante do museu terminou seu passeio sem interagir com mais ninguém.

•

Havia escurecido quando Gabriela chegou em casa.

Abriu a porta da sala e logo viu dona Anita na poltrona, mexendo em sua cestinha do crochê.

– Boa noite, vovó – saudou-a.

A velha senhora respondeu-lhe apenas com um sorriso e tornou a revirar o conteúdo da cesta com o ar muito sério. A garota jogou a bolsa sobre a mesa e foi beijar a avó, que não correspondeu e ainda fez um gesto protetor sobre suas coisas, como se temesse ser roubada.

"Ainda está na fase da mania de perseguição", pensou a neta com um suspiro cansado.

Espichou o olhar para a cestinha e pareceu identificar algo que não deveria estar ali... Mas não disse nada. Quando dona Anita fosse dormir, descobriria o que a avó estava escondendo.

Uma senhora veio da cozinha, enxugando as mãos num pano de prato.

– Boa noite, Gabi. Tem jantar pronto. Ela já jantou, e se alimentou bem, desta vez.

– Que bom, dona Lurdes. E os remédios?

– Só falta o da noite, que ela gosta de tomar com o chá. Deixei chá de cidreira pronto na garrafa. Agora é melhor eu ir. Volto semana que vem, mas, se precisar de mim antes, é só telefonar.

A garota sorriu. Lurdes vinha duas ou três vezes por semana, cuidava da casa e tomava conta de Anita quando Gabi estava na faculdade ou no clube de esgrima.

– Muito obrigada. Depositei seu pagamento, veja se entrou direitinho, sim?

A senhora saiu e Gabi foi trocar de roupa. Depois, serviu-se de um prato de sopa e veio jantar na mesa da sala. Anita agora fazia crochê: o interminável cachecol de lã cor-de-rosa.

– Como foi seu dia, vovó?

Não recebeu mais que alguns grunhidos como resposta. Jantou em silêncio, depois foi para a cozinha levar o prato e trouxe uma xícara de chá com um comprimido no pires.

– Venha tomar seu remédio da noite. Depois, é hora de ir dormir!

Anita ajeitou cuidadosamente o crochê na cesta e levantou-se. Tomou o chá e o remédio sem reclamar. Depois bocejou.

– Dia confuso. Parece que acordei agora mesmo, e já é hora de deitar.

Foi para o quarto relutante, lançando olhares ao trabalho de crochê. Mas somente após colocar a avó na cama e esperar que ela pegasse no sono foi que Gabriela pôde ir mexer lá.

– O que será que ela andou escondendo desta vez?

Quando tinha fases paranoicas, Anita escondia pela casa seus brincos e correntes de ouro com medalhinhas, dizendo que os ladrões estavam atrás de joias. Havia ocasiões em que guardava os desenhos em bico de pena, feitos no passado, em locais estranhos – como o pote de arroz na cozinha ou o armário de toalhas no banheiro.

Desta vez, porém, o que havia no fundo da cesta foi uma surpresa para a garota.

– De onde veio isto? – perguntou-se. – Pensei que não tinha restado mais nada dela aqui!

Contra sua vontade, sentiu os olhos úmidos. Era um retrato de sua falecida mãe quando jovem. Talvez tivesse a mesma idade que ela tinha agora; aparentava uns dezenove ou vinte anos.

Sentou-se na poltrona de Anita, imaginando por que ela mentira ao dizer que não guardara nenhuma fotografia da filha única. Afinal, enxugou os olhos e recolocou o retrato na cesta e a lã cor-de-rosa sobre ele. Não queria que a avó se aborrecesse no outro dia, percebendo que ela mexera ali.

Sem sono, decidiu deitar-se e levar o notebook para a cama. Precisava conferir suas mensagens e depois talvez assistisse a algum documentário ou seriado.

Não queria pensar em sua mãe, e faria qualquer coisa para tirar dos olhos a imagem da fotografia. Nem que tivesse de fazer uma maratona de episódios de uma série sobre zumbis...

Sainte-Eulalie-de-Cernon/Região de Aveyron, França, outubro de 1307

A adaga estava firmemente cravada em seu ombro direito. Lutando contra a dor intensa, Jean-Luc girou o punho, torcendo a espada que já estava enterrada no peito de seu oponente.

O movimento foi rápido, mas a mente do cavaleiro – e o mundo a seu redor – pareceu desacelerar-se, como se, naquele momento, alguém desejasse dar-lhe um tempo a mais para respirar e, quem sabe, lembrar tudo o que tinha acontecido. Tudo o que o levara ao ponto crucial da vida que escolhera. E, sem querer, ele recordou...

Ouviu, vinda de muito longe, a voz de seu superior na ordem.

– Os templários receberam esta espada como um símbolo de lealdade para com Jerusalém – ele dizia solene. Após curta pausa, ordenou: – Levanta-te.

O rapaz que ele fora um dia erguera-se do chão frio em que estivera ajoelhado. E recebera a arma, protegida por uma bainha cujo revestimento de couro estava bastante desgastado. Isso, porém, atestava ainda mais sua antiguidade e seu valor.

– Deves empunhá-la com fé, sempre em nome da justiça. Ela tem uma história, e ajudou seus possuidores a conquistar grandes feitos.

Ele era bem jovem na época. Tomara a espada em mãos como se fosse um presente dos céus. E podia jurar que a usara em nome da justiça... Embora, no presente, o único feito que Jean-Luc almejava era escapar. Sobreviver, para cumprir sua missão.

Os cavaleiros templários haviam sido traídos pelo Papa, justamente aquele a quem tinham jurado servir. Acusando-os de heresia, Felipe IV, o Belo, rei da França, conspirara com a Igreja de Roma para destruir a Ordem dos Templários, embora seu objetivo pessoal, e nada nobre, fosse apenas se livrar de dívidas que contraíra com eles.

A ordem, rica e poderosa, não tinha pretensões políticas; por isso mesmo incomodava muitos poderosos nas cortes da época – e, agora, até o Papado. O cavaleiro, porém, não sabia disso. Nem que o soberano francês emitira, em segredo, ordens de prisão contra todos os membros da ordem. Sabia apenas que a torre, que ele e uma dúzia de irmãos protegiam, fora atacada sem aviso.

De forma covarde, os emissários do golpe orquestrado pelo rei haviam chegado com palavras doces. Foram bem recebidos, fazendo-se de viajantes piedosos, peregrinos voltando da Terra Santa para a capital francesa. Já se encontravam dentro da pequena fortaleza, quando sacaram as armas e deram voz de prisão aos Cavaleiros do Templo. A reação dos templários, ao perceberem as presas de lobo ocultas sob as peles de cordeiro, fora imediata. Buscaram formar uma linha de defesa, embora soubessem que seria insuficiente; entretanto, ao ouvirem o clamor da luta, Jean-Luc e alguns companheiros que faziam vigília num andar superior da torre desceram as escadas saltando dois a três degraus em cada passada.

A soberba dos inimigos, que já haviam rendido os demais cavaleiros, acreditando serem os únicos presentes no local, permitiu-lhes tomá-los de surpresa. A luta recomeçou, embora não equilibrada: os cavaleiros estavam em desvantagem de três contra um. Perdiam terreno e sofriam baixas, até que Jean-Luc, de forma impetuosa, saltou para os primeiros degraus da escada e gritou:

– Por aqui!

Posicionara-se de maneira a dar cobertura aos templários, já que a única escapatória era retirarem-se escadaria acima. Feroz, assim que os demais subiram, ele fechou o caminho para os invasores, golpeando cada vez que um ousava aproximar-se.

Subia lentamente os degraus de costas, usando sua técnica apurada com a espada para comprar o tempo necessário de que os irmãos necessitavam para montar nova estratégia. Não demorou e eles retornaram, arremessando contra os atacantes tudo o que pudesse afastá-los um pouco – e permitir que seu bravo defensor subisse também.

A salvo lá em cima, os cavaleiros fecharam pesadas portas atrás de si, reforçando-as com grossas vigas de madeira que faziam a função de trava.

Os homens do rei não se apertaram: trouxeram um banco do salão inferior. De forma desajeitada, embora eficaz, puseram-se a usá-lo como um aríete. A porta era grossa, mas cederia.

Os nove cavaleiros que haviam conseguido subir a escadaria ouviram seus companheiros feridos serem trazidos para cima e executados, um a um, para enfurecê-los. O mais velho entre os defensores, que atuava como sargento na torre, fitou cada um dos irmãos. Todos sabiam que não existia outro caminho de saída que não fosse por cima dos corpos de seus pretensos captores. Sabiam também que o único motivo para haver uma dúzia de cavaleiros naquela torre era a proteção do tesouro ali guardado – que a ordem considerava pertencer ao Reino dos Céus, não aos reinos da Terra. Já haviam percebido, pelas armas e atitudes, que seus atacantes eram soldados do rei da França. Isso marcava Felipe como um traidor; jamais seria merecedor daquele tesouro.

Fosse permitido, eles provavelmente destruiriam o tesouro no fogo, incendiando a torre e perecendo junto a ele. Como essa escolha não lhes era possível, concluíram que seria necessário abrir um caminho com as espadas.

Na região, mantida em segredo por algumas gerações de membros da ordem, havia uma caverna cuja entrada só podia ser alcançada mergulhando-se nas águas de um lago. Em momentos de crise, os templários recorreram a esse esconderijo, onde também tesouros mundanos eram mantidos a salvo da vista e da cobiça de homens gananciosos. Nesse momento, mais do que nunca, o refúgio se fazia necessário. No entanto, Jean-Luc, como o mais forte e resistente entre os irmãos, seria o único que conseguiria chegar vivo à caverna, caso os homens do rei o perseguissem.

– Temos de agir depressa – declarou o sargento.

Dois a dois, eles se prepararam, cada dupla subindo mais um andar para vestir suas armaduras e depois voltando ao salão enquanto o resto vigiava a porta, que começava a estalar. Quando a última dupla terminou de se aprontar, o sargento e Jean-Luc haviam feito uma trouxa improvisada, dentro da qual havia uma ânfora contendo o que precisavam salvar. O cavaleiro a amarrara às costas. Assim, eles esperaram, rezando em silêncio enquanto viam a porta do refúgio ceder aos poucos, sabendo que sua morte e a de seus inimigos aguardavam do outro lado.

Com um estrondo final, os invasores entraram no salão, alguns se espalhando para cercar os cavaleiros, ao mesmo tempo em que outros tentavam bloquear a porta. Dessa vez, porém, seus alvos não estavam desprevenidos, e sim bastante preparados – decididos a vender bem caro suas vidas.

Conforme o combinado, os templários avançaram como uma ponta de lança, com Jean-Luc no centro do grupo. Os que estavam na frente arremessaram-se contra os invasores que bloqueavam a porta, derrubando-os por sobre os restos do banco e pelo chão próximo à escadaria. Ao mesmo tempo, os companheiros na retaguarda procuravam segurar os demais, enquanto Jean-Luc pulava por cima dos que haviam caído em frente à entrada e corria para descer os degraus.

Infelizmente, antes que ele pudesse escapar, um dos invasores caídos segurou sua perna. Não foi suficiente para retê-lo, mas bastou para que tropeçasse e caísse rolando no andar inferior.

A agilidade adquirida em anos de serviço na ordem o ajudou a endireitar-se e parar antes de rolar toda a escada e quebrar a cabeça ou a coluna na queda. Batera os braços e as pernas repetidas vezes; seu ombro direito doía bastante, provavelmente fraturado. Ele se levantou com dificuldade e desceu o trecho final já sacando a espada com a mão esquerda; no salão de entrada, preparou-se para enfrentar três inimigos que protegiam a retaguarda dos franceses, vigiando a entrada da torre.

Apesar da lentidão nos golpes, por ter de usar a mão a que não estava acostumado, enfrentou o primeiro soldado sem problemas. Jean-Luc fingiu um golpe alto partindo de seu lado esquerdo; porém, quando o inimigo levantou sua defesa, ele encolheu o braço rapidamente e girou o pulso, esticando-o novamente ao mesmo tempo em que se abaixava e lançava-se para a frente, enterrando a espada na lateral do corpo do oponente.

O segundo homem, porém, foi um problema. O templário não conseguiu livrar a espada com a velocidade necessária e, ao ser atacado de forma brutal, defendeu-se como pôde; mas não houve como receber o golpe na chapa da lâmina. As duas espadas chocaram-se diretamente, fio contra fio. E o adversário, que atacara com toda a força segurando a própria arma com as duas mãos, viu sua lâmina partir-se ao meio. A lâmina de Jean-Luc, de melhor qualidade, sobreviveu ao choque; mas não sem que um profundo dente surgisse no gume. Sem deter-se por isso, mas praguejando, Jean-Luc ajeitou a espada, buscando passar a guarda de seu oponente sem permitir que o terceiro atacante conseguisse flanqueá-lo.

Passou a lutar contra os dois oponentes restantes ao mesmo tempo. Em um novo momento de blefe, o templário pareceu demorar-se mais do que o necessário em um golpe, apenas o suficiente para que o terceiro inimigo atacasse e desferisse uma estocada exatamente onde ele desejava. Girando para esquivar-se, Jean-Luc saiu do caminho e deixou que o atacante atingisse o guerreiro de espada quebrada.

Agora restava apenas esse último guarda.

Jean-Luc redobrou a força de seus ataques, pouco a pouco ganhando terreno sobre o oponente, que era um esgrimista visivelmente inferior. Por fim, ele o encurralou contra a parede e o derrubou, desarmando-o. Dando o combate por encerrado, percebeu que os ruídos no andar de cima começavam a diminuir, o que indicava a derrota de seus companheiros diante do inimigo.

Ele se voltou para a saída; devia fugir e dar cabo de sua missão. Nesse momento, entretanto, seu adversário supostamente desarmado sacou uma adaga, que Jean-Luc não percebera, por estar escondida. O barulho da lâmina saindo da bainha o alertou a tempo de tentar a defesa; mas não conseguiria evitar totalmente o golpe.

A adaga o atingiu enquanto ainda se virava. A ponta atravessou a malha de aço da armadura e cravou-se perto de seu já ferido ombro direito. Ao mesmo tempo, num único movimento, sua própria espada atingiu o peito do traiçoeiro soldado.

O cavaleiro templário viu o medo da morte nos olhos do inimigo e percebeu a dor que ele devia sentir quando girou o punho, girando também a lâmina dentro do corpo do oponente. Puxando-a de volta, notou de novo a lâmina denteada, com um belo estrago no fio; tinha de fugir. Estava sozinho, com a espada danificada, e ferido. Não aguentaria novo embate.

Rangendo os dentes de dor, Jean-Luc ouviu passos na escada. Sabia que a perfuração próxima ao ombro não causaria sua morte imediata, mas o sangramento provavelmente seria fatal em algumas horas.

A adaga permanecia cravada em seu tórax; poderia retirá-la, se quisesse, mas sem alguém para tratar o ferimento isso apenas apressaria sua morte. Reunindo o máximo das forças que lhe restavam, ele embainhou a espada, deixou a torre e mergulhou na noite.

Esperava chegar ao lago antes de ser alcançado.

A caminhada não era longa; durou cerca de cinco minutos mata adentro, em um caminho que ele conhecia e os soldados não; mas cada passo parecia cansar como dez, e cada instante doía como uma eternidade. Pouco a pouco, ele ouvia as vozes dos perseguidores chegando mais perto e via lampejos de luz atrás dele; julgou virem de tochas. Se fosse dia claro, eles poderiam ter seguido facilmente a trilha de sangue que o templário deixava, mas à noite e sem um rastreador, era mais difícil localizá-lo.

Mesmo sentindo dor intensa, Jean-Luc sorriu quando viu o lago.

"A proteção oferecida pela noite me permitiu cumprir a missão", pensou. Contudo, quase ao mesmo tempo, alguns de seus inimigos também chegaram ao lago, vindos por outro caminho. Pareciam ter perdido sua trilha e acabaram por sair em uma clareira junto às águas, ainda que em outro ponto. De onde estavam, não conseguiriam alcançá-lo rapidamente; porém, três dos perseguidores traziam bestas já armadas e carregadas e começavam a fazer pontaria.

Com uma oração silenciosa, o templário mergulhou na água gelada, abraçando o frio do lago como algo menos terrível do que ser atingido, o que ele conseguiu evitar apenas parcialmente, pois o ar zuniu quando os virotes o buscaram, e um deles acertou-o de raspão, graças provavelmente mais à escuridão do que à armadura de malha, tal era a potência da besta. O novo ferimento fora pouco mais que superficial, embora se somasse ao de seu ombro parar sujar a água de vermelho.

Sob as águas, o cavaleiro nadou desesperadamente, controlando a dor da adaga ainda presa nele e impulsionando o corpo quase apenas com a força das pernas, enquanto tentava segurar o fôlego. Felizmente, a entrada não era longe, apenas poucos metros abaixo do nível da água, e o próprio peso da armadura o ajudara a afundar. Guiando-se mais por memória do que por visão, ele achou a abertura da caverna e seguiu nadando, agora sim com muito esforço, para cruzar a curta distância do túnel submerso que o levaria rumo à superfície dentro da gruta. Seus perseguidores, que esperavam pela satisfação de ver um corpo boiando, em pouco tempo desistiram, supondo que ele, moribundo, não emergira por enroscar-se em alguma raiz ou planta submersa ao tentar nadar ferido e de armadura.

O lago seria seu túmulo.

Os inimigos comemoraram, dando por certo que tinham não só destruído todos os templários, mas que, voltando à torre, poderiam apossar-se de seus tesouros. Não podiam saber que, a salvo, ainda firmemente atada às costas de Jean-Luc, a ânfora que custara a vida de seus amigos e a sua própria mantinha em segurança um dos maiores segredos dos Cavaleiros do Templo.

Jean-Luc pôs a cabeça para fora da água e sorveu o ar. Seus pulmões doíam como se estivessem em chamas e ele mais tossiu e cuspiu água e sangue do que respirou; por um momento tivera dúvidas se conseguiria. Embora a boca do túnel submerso que levava à caverna não fosse distante das margens do lago, era necessário fôlego para atravessar toda aquela distância. E, no estado em que se encontrava, ele sabia não só que ter chegado ao outro lado fora um milagre, mas que empregara suas últimas forças nisso.

A morte, agora, viria rapidamente.

Saiu engatinhando da água, roupas e armaduras ensopadas. Não havia sentido em tentar secá-las, nem mesmo em tirar a cota de malha danificada. A travessia agravara muito seus ferimentos, a ponta da adaga havia agora atingido algo; e a dor da tentativa seria desnecessária, no pouco tempo que lhe restava antes de a tontura e o frio o vencerem. O cavaleiro olhou ao redor na escuridão; não era a primeira vez que ali entrava. O túnel pelo qual viera desembocava num pequeno lago no interior da terra, numa gruta esquecida dentro de certa colina da região.

No passado remoto, era provável que o nível da água em todo o vale tivesse sido mais alto e a caverna inteira ficasse submersa. Mas, desde que a ordem a descobrira por acaso – e talvez já por séculos antes disso –, a gruta era relativamente seca e não havia grandes variações no nível do lago interno. Com o tempo, tesouros foram sendo trazidos em levas reduzidas, durante inúmeras viagens. Ele tateou ao redor, procurando uma caixinha, onde sabia que eram mantidas duas pedras de pederneira e um conjunto de pavios encerados, para acender uma pequena lamparina de óleo deixada por lá. Teve sorte de ela se acender rapidamente.

Naquela noite, era possível ver uma pequena fortuna espalhada em pequenos montes pelo local; contudo, não era para o ouro e a prata que Jean-Luc voltava sua atenção. No canto mais elevado e afastado da água, uma espécie de altar havia sido escavado diretamente na rocha. Um dia ele servira para algumas das cerimônias mais secretas da ordem, mas seu uso principal era como arca. Os cavaleiros o fechavam com uma fina laje de pedra e nele guardavam manuscritos antigos e os tesouros mais importantes.

Tirando das costas o embrulho, o guerreiro dirigiu-se ao altar. Afastou parcialmente a tampa de pedra e apoiou o pacote sobre ela. Sob o primeiro pedaço de pano, havia uma pele de animal embebida em óleo, que servira para proteger da água a ânfora. Jean-Luc removeu-a e depositou o objeto gentilmente dentro da arca que seus antecessores haviam escavado no coração da montanha. Em seguida ele sacou a própria espada e limpou-a, removendo a umidade na medida do possível, com o auxílio da pele oleosa. Ajoelhou-se em oração e ofereceu sua lâmina para guardar a ânfora e o resto do conteúdo da cavidade. Colocou-a junto dos demais objetos e puxou de volta a tampa, selando o tesouro do templo e deixando-o fora do alcance dos que não eram dignos.

Pegou então a pele e o tecido e dobrou-os cuidadosamente, apoiando-os ao lado da laje. Apenas depois disso foi que, ainda ajoelhado, ele cerrou os dentes e, com esforço, removeu a adaga cravada em seu ombro. O sangue jorrou abundantemente, mas ele não deu atenção a isso. Jogou a lâmina no chão, com desprezo. O cavaleiro templário não morreria com a arma de um covarde cravada em si.

Sabia que nunca mais veria a luz do sol, mas não se importava. Sua missão estava cumprida e seu coração estava em paz. Naquele túmulo jazeriam espada e cavaleiro, para serem esquecidos pelos séculos.

Ele endireitou o corpo, pedindo licença a todos os santos e mártires. Apoiou levemente os cotovelos sobre a rocha que guardava o precioso tesouro e uniu as palmas das mãos. Então, pela última vez na vida, seus lábios proferiram a prece que aprendera há tanto tempo:

– *Pai Nosso, que estais no Céu...*

CAPÍTULO XII
Dias atuais

A biblioteca da faculdade em que Mauro estudava deslumbrou Gina. Estava acostumada com a de seu colégio, pequena e atulhada de obras mais ou menos velhas – a maioria recebida por doação, já que o diretor sempre dizia que a escola não tinha verba para comprar livros. E na da universidade, pelo que podia ver, havia de tudo – literatura atual, *graphic novels*, não ficção, dicionários, enciclopédias, revistas científicas e todo tipo de material útil para pesquisa.

– Tô aqui – ela ouviu a voz de Mau a chamá-la de uma bancada cheia de computadores.

Acomodou-se ao lado do irmão e nem teve tempo de expressar suas impressões sobre o local. Na tela principal de um notebook, via-se um site de notícias sobre Cultura que ostentava uma reportagem com data de alguns anos atrás. Uma legenda dizia: "O Diretor da Fundação Von Kurgan, Comendador Valbert, entre autoridades municipais e estaduais, inaugura a nova sede da biblioteca da instituição, que conta com obras raras e valiosas".

Abaixo, uma fotografia em preto e branco mostrava um homem idoso e muito bem-vestido, cercado por sujeitos engravatados e sorridentes. Ele mesmo, porém, não sorria ao cortar a fita que separava as tais "autoridades" de algumas fileiras de estantes lotadas de livros.

– Comendador *Valbert*? – comentou a garota com uma careta. – Que nome!

– Olhe isto – pediu Mauro, carregando outro arquivo ao lado daquele. – Viu a semelhança?

Era a mesma foto do clube de esgrima, ampliada; um dos retratados estava em destaque, e era impossível não notar que o homem que correspondia à letra "V" era, claramente, o mesmo a cortar a fita na inauguração da biblioteca da fundação, só que vários anos mais velho.

– Valbert... Então esse é o "V" da lista na fotografia do vovô. V, A, B, M, R. Valbert, Anita, Basílio. Cara! Só falta a gente descobrir quem são os mais novos, o "M" e o "R". Este último, por sinal, parece mais novo que eu na foto, devia ter a metade da idade dos outros.

– Outra hora investigamos mais esses dois, agora temos novas informações – respondeu o irmão, mostrando outras páginas que abrira com notícias e fotos. – Pesquisei a tal fundação, e esse sujeito é o chefão por lá: o nome dele é mesmo Valbert von Kurgan. É rico, vive em Brasília e aparece em tudo que é coisa: cerimônias em embaixadas na Europa, exposições de arte e até campanhas políticas. Pelo que descobri, ele nunca se candidatou a nada, mas apoiou um monte de deputados e senadores poderosos. O cara é pra lá de importante.

– Uau – foi o comentário de Gina. – Ei, notei uma coisa. Volte para aquela outra página.

Mauro fez as imagens recuarem, até aparecer a foto do mesmo homem, desta vez diante de uma estante cheia de livretos. A irmã deu um toque com o mouse, ampliando a imagem.

– Esses folhetos são iguais a um que tem na caixa de cacarecos do vô! – exclamou ela.

– Tem razão – concordou o mais velho. – Eu me lembro deste título: "Tesouros dos Templários"... Qual a data da foto?

Gina conferiu a página e respondeu:

– O ano é 1985: década de 1980. Faz sentido, os livrinhos parecem velhos e amarelos. Olha, acho bom a gente dar um jeito de pegar aquelas coisas antes que a mãe dê um fim nelas.

O outro conferiu o horário no computador.

– Não posso sair agora, meu estágio acabou, mas tenho uma aula depois do intervalo. Se você for pra casa agora, ninguém vai saber. Pode pegar o que estiver na caixa do vô e esconder.

– Como? Mamãe trancou a porta da área de serviço.

– Tem uma cópia da chave na gaveta do pai, a mesma onde ele guarda a lente, lembra?

– Ah, tá. Então volto pra casa já e faço isso – Gina decidiu. – E esse material todo?

– Vou imprimir – assegurou Mauro. – A gente se vê no fim da tarde.

•

Eram duas da tarde quando dona Anita decidiu que seu repouso após o almoço já havia durado demais. Podia ouvir a moça contratada por sua neta, Lurdes, lidando na cozinha; mas não queria falar com ela. Assim como Gabriela, a ajudante insistia em tratá-la feito criança.

– E eu não sou criança – resmungou, levantando-se. – Faz muito tempo que fui uma!

Foi mexer na cômoda, onde deixara sua cestinha com lãs e agulhas. Examinou um novelo novo, puxou o fio, analisou-o.

– Cansei de fazer crochê em cor-de-rosa. Mas, para trabalhar com outra lã, preciso de uma agulha mais grossa. Onde estão minhas agulhas tamanho 3 e meio?

Mexeu em algumas gavetas, irritada. Tinha certeza de que guardara o material de crochê em uma caixa azul, que não se lembrava onde pusera.

Saiu e abriu a porta de um armário embutido no corredor. Lá havia vários objetos que não eram muito usados: uma caixa com louça para chá antiga, livros dos anos anteriores da faculdade da neta, caixas com guardados variados. Numa prateleira alta, distinguiu algo azul. Não teve dúvidas: apoiou os pés na primeira prateleira e estendeu a mão com uma das agulhas de crochê mais fina. Com ela, conseguiu enganchar o canto de uma caixinha e...

Várias caixas e pastas de papelão desabaram sobre a velha senhora, desequilibrando-a. Com uma exclamação, dona Anita pulou de lado e caiu em pé, ágil, como se nunca tivesse feito outra coisa senão saltar de banda.

Parou, olhou os objetos no chão e riu ao perceber que estava posicionada em uma perfeita postura de esgrima, com a agulha de crochê em riste.

– Memória muscular, é claro – murmurou, fazendo um floreio com a agulha, como se cumprimentasse um oponente. – E eles dizem que eu estou senil!

– O que foi?! – Lurdes assomou no corredor assustada; ouvira o barulho e correra para lá.

– Nada importante, minha filha – assegurou a velha senhora. – Estava procurando minha caixa com material de crochê e derrubei umas coisas, só isso. Ajude aqui...

Resmungando, a mulher pôs-se a recolher as coisas caídas, que Anita já levava para a mesa da sala. Na maioria eram pastas cheias de contas pagas, mas havia também fotografias e duas caixas contendo miudezas.

– Vou terminar a arrumação da cozinha, depois venho colocar tudo de volta – prometeu Lurdes ao ver que a velha senhora se sentara junto à mesa e começava a organizar as coisas caídas.

"Nem sinal das agulhas", pensava ela ao abrir e fechar pastas. "Mas isto... é interessante."

Havia encontrado uma pasta menor, cheia de cartas que pareciam pessoais. Várias eram endereçadas à neta; uma, porém, não o era.

– *À senhora Anita N.* – leu desconfiada. – Esta carta nunca foi aberta, e era para mim! Datada de... dois anos atrás?

Parou, olhando para o remetente no envelope.

– Amália Francisca Bernardim – constatou, a testa franzida. – Minha amiga de Lisboa! E a Gabriela quase me convenceu de que ela não existia, que eu imaginei que recebia suas cartas!

Apertou a cabeça, tentando não resvalar para a costumeira confusão mental. Ao sentir-se mais segura, abriu o envelope e leu o conteúdo da folha que ele continha. Suspirou. Escondeu a carta no bolso do casaquinho, bem a tempo de não ser vista; Lurdes estava de volta.

– Vamos guardar isso tudo, está bem? – disse ela.

Dona Anita ajudou a outra a recolocar as pastas e caixas na prateleira alta. Suspirou.

– Acho que não vou mais fazer crochê. Prefiro tirar um cochilo antes do chá.

Bocejou, foi para o quarto e reclinou-se nas almofadas da cama, sabendo que era observada. Fechou os olhos e contou até cinquenta, até ouvir os passos de Lurdes retornando à cozinha.

Ao escutar o som de louça sendo mexida e do acendedor elétrico do fogão, concluiu que a preparação do chá começara e manteria sua vigilante ocupada por um tempo.

"Está na hora de uma aventura", refletiu num meio sorriso. De pé, pegou numa das gavetas da cômoda uma folha de papel, que colocou junto à carta. Depois, buscou uma bolsa de crochê, que pendurou a tiracolo. E saiu no corredor em direção à porta dos fundos.

Na rua, sentia-se revigorada. Feliz. Fazia tempo demais que não saía sozinha.

Chegou à esquina, conferiu a avenida e seguiu por ela, murmurando:

– É para lá. Não fica longe, mas é uma boa caminhada. Eu gosto de andar. Como era mesmo o nome das crianças? Ah, Mauro e Gina. Netos do Basílio. Eles são jovens, saberão o que fazer.

Prosseguiu com passos miúdos porém constantes. Quando já estava lá adiante na avenida, um homem que estivera sentado num carro estacionado próximo à esquina saiu do veículo e a observou por um tempo. Depois, pegou no bolso um celular e acionou a discagem rápida.

– Sim, sou eu – disse, discreto. – Só para avisar que ela saiu. Sozinha.

E não disse mais nada, pondo-se a escutar atentamente o que seu interlocutor dizia.

Sainte-Eulalie-de-Cernon/Região de Aveyron, França, 1808

Àlex de Granyena disfarçou um bocejo entediado. Até onde se lembrava, a Europa sempre estivera em guerra. Ele era jovem demais quando a Revolução na França tivera início para recordar a vida antes dela. Mas àquela época seguiu-se a República, e em seu rastro a perseguição e execução dos nobres. Em suas recordações da infância figuravam os rostos aterrorizados de nobres fugitivos de Rouergue e do Languedoc, que buscaram abrigo na Catalunha, região espanhola em que vivia, vizinha à França. Depois disso, como uma maré alternando cheia e vazante, a guerra avançara sobre diferentes países, às vezes recuando, mas nunca chegando ao fim.

A Espanha, a princípio, lutara contra a República Francesa; no entanto, aliara-se a Napoleão quando ele tomou o poder, declarou-se imperador e passou a expandir suas conquistas. Apesar de sua juventude e de ter origem na média nobreza, Àlex havia participado de vários combates e avançado rapidamente na hierarquia. Porém, agora, ele considerava ter chegado ao ponto máximo que poderia em sua carreira e imaginava se não teria sido melhor ser condecorado menos vezes e continuar mais próximo à frente de combate.

No ano anterior, a Espanha havia permitido que tropas francesas passassem por seu território para invadir Portugal. Ele ouvira relatos da chegada dos soldados em uma Lisboa esvaziada e de navios no horizonte, levando a corte portuguesa em direção à sua colônia no Brasil.

Os homens em seu pequeno contingente não participavam de ações relevantes há semanas; meses, talvez. Estavam estacionados em Aveyron, em meio a tropas francesas; seu único dever era assistir o comandante espanhol presente na região, o Marquês Ramírez. E *assistir* era tudo o que fazia, enquanto Ramírez e o comandante francês, Lambert, jogavam intermináveis partidas de xadrez – regadas ao vinho local. A última já durava três dias e, como se passavam horas entre cada jogada, não havia previsão de terminar.

Dentro da tenda, sentados em bancos de madeira um diante do outro, os dois comandantes encaravam o tabuleiro de pedra com peças de metal numa pequena mesa entre ambos. Junto a cada um postava-se seu segundo em comando: Granyena ao lado de Ramírez e um jovem capitão chamado Pailletière secundando Lambert. O oficial francês preferia privacidade a cerimônias e mantinha sua guarda pessoal do lado de fora; os quatro haviam tirado as casacas dos uniformes e Pailletière não se importava de servir o vinho aos demais. Lambert levara a mão em direção à sua torre pela sexta vez, quando a jogada e os pensamentos de Àlex foram interrompidos: um dos guardas adentrava a tenda para anunciar um mensageiro recém-chegado de Paris.

Quando este entrou, o uniforme amarfanhado, e apresentou-se a Lambert, Àlex de Granyena mediu-o com o olhar. As olheiras indicavam noites maldormidas, talvez na sela do cavalo; o homem devia ter vindo direto da capital sem parar mais que o estritamente necessário para trocar de montaria. Após se apresentar, declarou que possuía instruções seladas e sussurrou algo que Lambert, contrariado pela interrupção, refutou com um aceno de mão. O homem pareceu repetir a mesma frase, para ser novamente dispensado. Na terceira vez, os espanhóis o ouviram erguer a voz:

– Senhor comandante, desculpai-me, tive ordens expressas de pedir-vos que abrísseis em particular vossa correspondência.

– Eu te ouvi da primeira vez, rapaz – respondeu Lambert visivelmente irritado. – Entregaste tua mensagem. Agora, retira-te.

Resignado, o mensageiro fez uma mesura e saiu da tenda.

– O que poderia ser tão urgente assim, aqui, no meio do nada... – murmurou o comandante, mais para si que para os demais presentes.

Ao começar a ler, porém, sua expressão alterou-se de um modo que ele não conseguiu disfarçar. Ramírez não pôde mais se conter.

– Está tudo bem? Que notícias vieram de Paris?

– Nada importante – disse o comandante ríspido. E imediatamente, percebendo o erro, emendou: – Digo, nada com que preciseis preocupar-vos, por hora. Marcharemos ao amanhecer.

– Nesse caso, preciso dar ordens às minhas tropas – retrucou o marquês, levantando-se.

– Há tempo de sobra – Lambert o deteve. – As tropas francesas são extensas e indisciplinadas, Pailletière verá que se organizem. Tal não ocorre com as vossas. Mais tarde, podereis fazer o mesmo... Por hora, retomemos o jogo.

E, afetando um ar de tranquilidade, entregou a carta a Pailletière, sinalizando-lhe que saísse.

A intuição de Àlex o fez pressentir algo estranho naquela situação. Fez menção de retirar-se também, porém só pôde amaldiçoar a própria hesitação quando se demorou e dois suboficiais entraram, apontando armas para ele e Ramírez.

O semblante do comandante francês mudou para um ar resoluto:

– Deveis desculpar-me, amigos, mas a partir de hoje a França está em guerra com a Espanha. Devo pedir que entregueis vossas armas e apresenteis vossa rendição.

– Isto é um ultraje! – esbravejou Ramírez.

E, em uma fração de segundo, ele e Àlex desembainharam as espadas, partindo para cima dos suboficiais.

Sabres não eram armas ideais para o confronto dentro de uma tenda, mas levavam vantagem em comparação com os mosquetes dos guardas, que, como não esperavam resistência, não haviam preparado suas baionetas. Os espanhóis encurtaram a distância entre eles e os adversários, evitando o cano das armas carregadas. Granyena saltou para o lado e fingiu um ataque contra a cabeça do oponente. Quando este tentou interpor o cano longo para proteger-se, foi surpreendido com um chute no joelho, seguido de uma estocada no peito. Por sua curvatura, o sabre era desajeitado para estocadas, porém o pouco espaço forçara o golpe. Infelizmente, para o oficial catalão, sua espada ficou presa no corpo do francês enquanto este caía.

Ao olhar ao redor, viu o outro francês também já morto e Ramírez avançando sobre o comandante. O triunfo, que parecia certo, desvaneceu-se quando Lambert disparou a única bala de sua pistola contra o espanhol. Em uma reação instintiva, este tentou colocar a própria lâmina no caminho da bala, o que serviu para quebrá-la, sem impedir que fosse ferido no abdômen e caísse.

Restavam apenas Lambert e Àlex, ambos desarmados; contudo, o francês sabia que tinha o tempo a seu favor. Recuou e olhou em volta, tentando encontrar seu sabre. Em fúria, o catalão apanhou o primeiro objeto que encontrou, o tabuleiro de xadrez, e golpeou o ex-aliado.

A pedra dura fez o sangrento trabalho na primeira pancada, mas o atacante, desejando vingança, atingiu o francês até que parasse de se mexer. Só então se lembrou de Ramírez e de sua própria situação.

Seu oficial continuava caído; ele fez o possível para apoiar sua cabeça e dar-lhe conforto.

– Granyena – murmurou o espanhol –, és bravo, mas deves fugir... – a fala de Ramírez foi interrompida por uma tosse que indicava o fim próximo, antes continuar: – Nossas tropas estão em desvantagem. Se fores apanhado, serás executado. Eu não passarei desta noite, mas tu viverás. Vai!

O catalão ouviu seu antigo oficial sem interrompê-lo. Ambos haviam visto mortes suficientes para saberem que não haveria cura para aquele ferimento.

Recobrando o espírito, Àlex saiu pelos fundos da tenda. Certamente Pailletière retornaria. Armado apenas com sua pistola de tiro único, sem espada e sem tempo para obter outras armas, ganhou o campo e correu. Já longe, um rápido olhar confirmou que a maior parte de sua tropa estava rendida. Era disso que Pailletière se incumbira, após dar instruções apressadas aos suboficiais do lado de fora da tenda do comandante. Uma gritaria mais para trás revelou-lhe que reforços haviam chegado à tenda e encontrado os corpos. Sem perder tempo, adentrou um bosque próximo onde encontraria abrigo.

Ao enfiar-se entre a vegetação veio o primeiro tiro de mosquete, que arrancou pedaços da casca de uma árvore ao seu lado.

O catalão xingou, jogando-se ao chão e para dentro do mato instantes antes de uma salva completa atingir o local. A imprecisão dos mosquetes, combinada com o tempo necessário para recarga, lhe daria alguma vantagem; recarregar rapidamente após a primeira salva não seria impossível, mas era difícil o suficiente para ele contar que estaria a salvo antes da próxima série de disparos. Retomou a corrida, e só não contava com o calculismo de Pailletière: o oficial continuara avançando ao lado da linha de tiro e esperara Àlex expor-se, para efetuar seu próprio disparo.

A bala pegou-o de raspão na lateral esquerda do tórax, à altura do cotovelo. Rangendo os dentes com a dor, sacou a pistola e disparou seu único tiro na direção dos franceses. Um grito respondeu, confirmando que atingira alguém, mas tinha certeza de que não fora seu ex-amigo.

Sabia que não morreria daquele ferimento, porém a confiança de que conseguiria escapar diminuiu sensivelmente. Agora era tarde para arrepender-se de não ter-se escusado de seus deveres e explorado melhor a região. Havia visitado apenas as ruínas de uma torre templária, que até poderia usar como esconderijo; infelizmente, situava-se no outro extremo do bosque.

Ao dar com uma trilha, seguiu por ela, mas logo percebeu ruídos: seus perseguidores haviam entrado na mata. O terreno inclinava-se para baixo em direção ao centro do bosque. Caso não sumisse de vista, o catalão seria alvo fácil para atiradores em terreno mais elevado.

Desejando evitar tal risco, redobrou a velocidade. Em novo acesso de azar, pisou em falso e caiu ao chão. O solo não foi o limite, porém, pois ele começou a rolar barranco abaixo até ser dolorosamente detido pelo tronco de uma árvore.

O barulho resultante da queda denunciou sua posição, e logo ele ouviu a voz de Pailletière gritando ordens. Tentou ficar em pé, mas o tornozelo falhou. Não conseguiria mais correr, talvez por um ou dois dias. A única solução que via era mergulhar em um lago que se vislumbrava além dos arbustos próximos. Era bom nadador; poderia esconder-se na água e, se os despistasse durante o dia, sair durante a noite. Unindo o pensamento à ação, arrastou-se para o lago tentando evitar ruídos e entrou vagarosamente nas águas escuras. O frio aliviou-lhe um pouco as dores e ele mergulhou, afastando-se das margens por sob as águas.

Quando subiu para respirar mais adiante, foi recebido por um punhado de disparos que fizeram espirrar água ao seu redor. Os primeiros soldados a chegarem ao lago o alvejavam; prendeu o ar e mergulhou o mais fundo que pôde. Julgava-se perdido, seria capturado e executado. Talvez não tivesse a honra de um fuzilamento e fosse enforcado como um traidor ou criminoso comum.

O lago era profundo e ele percebia projéteis dos mosquetes mergulhando à sua procura... Foi então que viu, ou talvez tenha pressentido, a entrada de uma gruta submersa. Quase sem ar nos pulmões, nadou com maior rapidez; bolhas escapando nos cantos de pedra indicavam que ali poderia haver ar! Nesse caso, o lugar lhe permitiria abrigar-se dos tiros por um momento.

Já estava a ponto de sufocar, quando percebeu que a gruta era, na verdade, a entrada de uma espécie de túnel. Seguiria sua intuição: reuniu as últimas forças e impulsionou o corpo para a escuridão da passagem.

Dias atuais

Mauro deixou o auditório em que assistira à última aula e, já buscando o cartão do transporte público nos bolsos, olhou para a lanchonete, na dúvida se deveria comer alguma coisa.

– Não, a Gi tá me esperando, melhor ir direto pra casa – murmurou na base da escadaria.

– Não tão depressa, garoto – uma voz atrás dele o surpreendeu.

Ao voltar-se, deu com Gabriela. A garota parecia irritada e se aproximava a passos rápidos.

– Onde é que ela está? – perguntou ela, os olhos faiscando. – Vocês foram as únicas pessoas estranhas a irem lá em casa, devem saber!

Ele demorou alguns segundos para entender o que estava acontecendo.

– O que é que você... espera aí. Tá falando da sua avó? A dona Anita?

– Não, da rainha da Inglaterra! É claro que é dela, Mauro. Vovó despistou a empregada e sumiu! Cheguei da faculdade, dei com a Lurdes desesperada e a porta dos fundos aberta...

– E eu sou o suspeito número 1? – ele a encarou. – Estou na faculdade desde cedo, Gabi. Você andou me seguindo, conhece meus horários de aula e estágios do semestre. Não sei de nada!

Com a expressão de que desejaria mastigar o fígado dele, ela vociferou:

– Quem mais andou pressionando vovó pra lembrar o passado? Você e sua irmã!

– E, se ela teve um surto e resolveu fugir, a culpa é minha? Ouvi muito bem dona Anita dizer que não podia confiar em você!

– Olha aqui, seu metido, ela é minha única família, se alguma coisa acontecer...

– Que tal parar de acusar e me deixar ajudar? – ele interrompeu também irritado.

Não prestou atenção à resposta furiosa da garota, pois bem naquela hora seu celular tocou e ele atendeu depressa, ao ver que era o número de sua casa.

– Gina? – disse impaciente. – Agora não posso falar, porque... O quê???

A exclamação saiu tão alto que Gabriela parou de xingar.

– Fala mais devagar, Gi. Você disse que a dona Anita está aí? Na nossa casa?!

– Como é que é? – berrou Gabriela.

O rapaz desligou o celular e a fitou perplexo.

– A Gina disse que o interfone do apartamento tocou, ela atendeu... e o porteiro disse que era a dona Anita, querendo falar com o nosso avô!

– Ela está bem? – agora era aflição na voz de Gabriela.

– Segundo minha irmã, ela subiu e ficou perguntando pelo vô, disse que queria mostrar uma carta para ele. Fora isso, está normal e a Gina serviu biscoitos com suco de maracujá para ela.

– Certo. Vamos pra lá – ela enxugou uma lágrima que nem escorrera e correu para a rua.

Mauro teve compaixão dela. Se fosse sua avó, sentiria o mesmo medo de perdê-la...

– É pro outro lado, Gabi – disse, indo atrás da garota. – Vamos pegar o ônibus expresso.

●

Ideias estranhas passavam pela cabeça do rapaz ao observar a moça sentada a seu lado no banco do ônibus. Tinham dado sorte: o coletivo expresso, que passava de hora em hora, apareceu logo que eles chegaram ao ponto. A próxima parada seria só na praça da avenida, junto ao edifício onde moravam; ele calculava que em quinze minutos estariam no apartamento.

"Ela é linda quando não está xingando", pensou, percebendo que seu coração batia diferente. "E eu admiro seu jeito impetuoso."

Não conseguia esquecer a sensação que tivera ao esgrimir com ela. Uma mistura de raiva, profunda irritação e... enorme atração pela menina de *braids* que duelava com fúria.

Notou, então, que ela também o olhava de forma diferente. E seu coração meio que parou.

– Mauro... é que... me desculpe. Por te acusar.

Ele ergueu as sobrancelhas. Esperava tudo, menos aquilo.

– Tudo bem, Gabi. Você estava preocupada com sua avó. E depois...

– Depois o quê?

– Eu também preciso te pedir desculpas.

Foi a vez de a garota suspender as sobrancelhas.

– É? Bom, então eu te desculpo. Mas por que motivo?

– Por isto – respondeu ele.

E, sem esperar que ela reagisse, aproximou o rosto e beijou-a de leve nos lábios.

Gabriela engasgou. Recuou para o canto do banco cheia de ódio, os punhos fechados.

– Seu... seu... – e atacou-o a socos.

– Você disse que me desculpava! – ele levantou os braços para escapar aos socos.

Ela parou de atacar e suspirou com um olhar tão desanimado que ele se arrependeu do que fizera. Perguntou a si mesmo: o que imaginara que ia ocorrer? Que ela se lançaria nos seus braços no meio da preocupação com a avó? Percebeu como havia sido estúpido. Pior que isso, na verdade: o que havia feito era assédio. De repente, lembrou-se de algo que sua mãe dizia às vezes: "Não existe nenhuma mulher no mundo que não tenha, um dia, sido assediada". O que ele diria se alguém fizesse o mesmo com Gina? Muito sem jeito, tentou consertar a situação.

– Olha... Desculpa, mesmo, Gabi. Eu estou gostando de você. Mas forcei a barra.

Ela abriu as mãos e não tornou a agredi-lo. Disse apenas, baixinho:

– "Forçou" é eufemismo, Mauro.

Levantou-se do banco e foi sentar-se perto da porta do ônibus. Até descerem do coletivo e se encaminharem para o edifício e o apartamento, não olhou para o rapaz nem abriu a boca.

Mauro andava a seu lado, olhando para o chão. Dizia a si mesmo que tinha agido como um idiota, arrogante, machista. Gabriela era uma mulher incrível, alguém que poderia fazer parte da sua vida, e ele estragara tudo naquele impulso.

•

– Por que – foi a pergunta inevitável de Gina – você escondeu essa carta da sua avó, Gabi?

Mauro estava em pé na entrada do corredor, para não provocar ainda mais a furiosa donzela. Gabriela se sentara no sofá junto a Anita, que parecia alheia a tudo; concentrava-se em comer um biscoito, em mordidas bem pequenas, e bebericar o suco de maracujá que a garota lhe servira.

– Isso não é da sua conta, menina – ela soltou entre os dentes.

Desde que a velha senhora subira e fora informada de que Basílio "não estava em casa", parecia ter caído num estupor de esquecimento. Não dera sinal de reconhecer a neta quando ela chegou; continuava não prestando atenção a nada, sem responder a qualquer pergunta.

– Na verdade – retrucou Mauro lá de longe –, é da nossa conta desde que dona Anita veio nos procurar e entregou a carta à Gi...

Gabriela o fitou com raiva.

– Você, cale a sua grande e intrometida boca! – e, voltando-se para a irmã mais nova, falou calmamente: – Gina, faz alguns anos que vovó oscila entre a inconsciência e a paranoia. Ela só tem a mim, na família, pra cuidar da sua saúde. Vivemos da aposentadoria dela e de alguns trabalhos que eu faço na faculdade e no clube de esgrima. Não é fácil estudar, cuidar da casa e tomar conta de uma parente idosa! Quando ela começou a ter esses surtos, escondi tudo que poderia alimentar seus delírios: fotos, cartas, desenhos. Ela vivia falando em bandidos internacionais, terroristas e sequestradores! Na época, não dormia nem comia de tanto medo. O que você faria?

Com um suspiro, a garota admitiu:

– Provavelmente a mesma coisa que você.

E, sem dar tempo a Mauro de impedi-la, tirou do bolso a carta que a velha senhora lhe dera e entregou-a à moça.

– Quer que peça ao porteiro pra chamar um táxi para vocês? – acrescentou.

– Sim, por favor.

O irmão fez menção de protestar, mas um gesto de Gina o fez continuar afastado. Ela abriu a porta e saiu com Gabriela, que levou a avó pelo braço. Dona Anita foi saindo sem dizer nada, ainda mordiscando seu biscoito.

Logo que a garota retornou, após deixar as visitas a cargo do rapaz da portaria, ouviu:

– Você tem miolo mole, irmãzinha? Precisava devolver a tal carta pra Gabi?

Mauro recebeu um sorriso maroto por resposta.

– Relaxa, mano. Não sou tonta. Antes de vocês chegarem, ela se distraiu com o suco e aí eu aproveitei e fotografei o documento com o celular do pai, que ele esqueceu em casa, pra variar. Mandei a imagem digitalizada para o seu e-mail, é só abrir no computador. Além disso, ela trouxe também isto aqui. A Gabi nem viu.

Era o desenho da espada, feito por dona Anita com bico de pena.

E ambos correram para a mesa do computador, Mauro já acionando nervosamente o mouse.

Lisboa, 16 de novembro

Prezada amiga,
Espero que esta te encontre em boa saúde.
Devo dizer-te que tens razão a respeito da arma branca. Estive recentemente a visitar um amigo pesquisador na Fundação Calouste Gulbenkian, e ele auxiliou-me com a questão. A carta que citaste realmente existe, porém nos livros de pesquisa há apenas partes dela. A versão completa parece encontrar-se na Torre do Tombo, à qual não tive acesso.

Atribui-se a autoria ao nobre francês Louis Philippe Gaston D'Orléans, neto do rei da França, e o destinatário parece ter sido seu primo Ludwig August de Saxe-Coburgo-Gota. Ambos viajariam ao Brasil pouco após a remessa da carta, pois seus casamentos tinham sido arranjados com as princesas brasileiras, filhas do imperador D. Pedro II. Dei com a informação de que Gaston casou-se com Isabel, apesar de ter sido prometido a Leopoldina! Infelizmente, perderam-se quaisquer comentários sobre os casamentos planeados, restando apenas alguns apontamentos sobre armas e a campanha militar no Marrocos, da qual Gaston participou. Eis a tradução do fragmento que pode interessar-te:

SEI QUE ARMAS DE FOGO SÃO MAIS AO TEU GOSTO, PORÉM AFIANÇO-TE QUE O SABRE EM QUESTÃO É DE DESPERTAR A COBIÇA EM QUEM O VÊ. MEU AMIGO O TEM EM ALTA ESTIMA, POR SER HERANÇA DE FAMÍLIA. SE EU O CONVENCER A ACOMPANHAR-NOS NA COMITIVA, TU O VERÁS.

EMBORA ELE PREFIRA MANTER-SE DISCRETO, OUTROS COMPANHEIROS DA CAMPANHA DE QUE PARTICIPAMOS, E QUE SÃO TAMBÉM NASCIDOS EM TERRAS D'ESPANHA, CONTARAM-ME QUE AS LENDAS SOBRE O SABRE SÃO COMUNS. DIZ-SE ATÉ QUE MEU AMIGO O TERIA HERDADO DE UM SUBOFICIAL QUE ESCAPOU VIVO D'UM ATAQUE DE NAPOLEÃO. EM CERTO BAILE A QUE COMPARECI, UMA DAMA MUI BEM RELACIONADA (NÃO POSSO CITAR SEU NOME, SERIA INDISCRIÇÃO) JUROU-ME TER OUVIDO CONTAR QUE TERIA SIDO A ESPADA DE UM TEMPLÁRIO.

PELO QUE VI DA LÂMINA, NÃO PARECE SER AÇO DE TOLEDO, O QUE PODE INDICAR SUA PROCEDÊNCIA FORA D'ESPANHA. PODERIA JURAR QUE TEVE DOIS GUMES EM ALGUM TEMPO. HOJE, PORÉM, É UM SABRE DE CAVALARIA DE GUME ÚNICO, COM A EMPUNHADURA REGIMENTAL ADAPTADA, EMBORA PAREÇA DIGNO DE SER PORTADO POR UM NOBRE CAVALEIRO DOS TEMPOS ANTIGOS. A LENDA SOBRE O TEMPLÁRIO PARECE-ME CADA VEZ MAIS POSSÍVEL.

Vês, portanto, Anita, que a descrição que me deste também lá está, inclusive com a menção aos dois gumes. Consta que o tal espanhol, amigo do jovem que se tornaria marido da Princesa Isabel, foi-se ao Brasil junto à comitiva dos nobres e radicou-se por aí. A lógica diz que teria levado o sabre, sua herança familiar.

Há, é claro, iluminuras a conter ilustrações de armas templárias com as quais podemos comparar a que descreveste. No entanto, tal pesquisa pode levar anos, dada a multiplicidade de obras iluminadas presentes nos museus de Portugal, Espanha e França.

Aguardo tua próxima missiva para trocarmos novas ideias e investigações.

De tua fiel amiga e confidente,
Amália Francisca Bernardim

CAPÍTULO XIII
Dias atuais

Ao anoitecer, os irmãos tiveram de ocultar seu entusiasmo pelo teor da carta encontrada por dona Anita. Logo que haviam lido o documento e enviado uma cópia para a impressora, Liana e Josias chegaram do trabalho e seus filhos trataram de calar-se a respeito.

Na pressa de desligar o computador, porém, Gina esqueceu-se de apagar o documento – e só se lembrou disso quando a mãe, após o jantar, comentou que ia conferir suas mensagens.

– O que é isto? – ela resmungou ao dar com o arquivo na área de trabalho.

Mauro tentou dizer, apressado:

– Ah, não é nada, mãe, só a imagem de uma pesquisa minha da faculda...

Entretanto, ela já havia aberto a imagem e voltou-se para ambos furiosa:

– Pare de mentir! É um documento que menciona aquela bendita espada! Quantas vezes tenho de dizer pra deixarem essa história em paz?

Conan, ocupado em babar no sofá, escondeu o focinho sob as patas, e Gina intrometeu-se:

– Ah, mãe, não tem nada de mais a gente querer descobrir o que o vovô...

– Tem, sim, eu já proibi! – ela cortou a filha. – E, para ser bem clara, vou repetir: vocês vão parar imediatamente com essa coisa de pesquisar, investigar e ir atrás da tal espada roubada! Minha mãe morreu desgostosa por causa da ideia fixa do meu pai com aquela porcaria! Entenderam?

Gina fez que sim com a cabeça, assustada com a veemência de Liana. Seu irmão, porém, empinou o nariz e enfrentou-a:

– Entendi, mas não concordo! Sou maior de idade, mãe. Você não pode dizer o que eu faço ou não faço da minha vida. Se eu quiser continuar com essa pesquisa...

Foi a vez de Josias interrompê-lo:

– Mais respeito, Mauro! Não fale assim com sua mãe. Você mora na nossa casa, portanto...

Irritadíssimo, o rapaz contra-atacou:

– Essa é uma condição facilmente contornável!

E, apanhando sua mochila, que havia largado num canto do sofá, jogou-a nas costas e saiu pela porta da frente, que nem se deu ao trabalho de fechar. A mãe voltou à carga:

– Filho, seja razoável, você não pode...

O som da partida do elevador, no corredor, a fez calar-se. Josias foi fechar a porta e Conan começou a latir furiosamente, enquanto Gina permanecia parada, de boca aberta, perplexa.

O irmão havia simplesmente saído de casa?!

Aquela noite foi triste para ela. Embora brigasse muito com Mauro, não conseguia imaginar sua vida sem ele em casa. Desconfiava de que fora pedir abrigo na casa de um dos amigos do futebol, mas não teve ânimo de telefonar-lhe.

Percebeu que, após o jantar, Josias e Liana conversavam em voz baixa na cozinha; teve esperança de que um deles ligasse ao celular do filho e lhe pedisse para voltar. Isso não aconteceu, porém; a mãe foi deitar-se com os olhos e o nariz vermelhos e o pai ficou vendo programas esportivos na tevê até bem tarde.

A garota foi cedo para o quarto. Mas não dormiu; decidiu olhar os objetos que havia escamoteado da área de serviço à tarde. Conforme as instruções do irmão, encontrara a chave na gaveta de Josias, recuperara todas as lembranças de seu Basílio e escondera tudo numa caixa de sapatos que agora jazia no fundo de seu guarda-roupa.

Colocou também ali as cópias que Mauro fizera no computador da faculdade e o impresso com a imagem da carta da tal senhora Amália. Mexeu nas fotos, sem vontade de voltar a analisá-las. Brincou com a chavinha antiga na palma da mão, imaginando o que ela abriria. E encontrou o livreto que havia despertado sua curiosidade.

Era mesmo idêntico a um dos que vira na fotografia da Fundação Von Kurgan. Bem amarelo e gasto, tinha por título "Tesouros dos Templários". Na capa, escrito a lápis, encontrou o nome "Aníbal Augusto", o que era intrigante. Entre as páginas, deu com o que parecia um recibo impresso, também ostentando o mesmo nome, alguns números e um endereço.

"Que será que isso quer dizer?", preocupou-se. "Quem é Aníbal Augusto?"

Como não poderia decifrar sozinha o enigma, folheou o livrinho em busca de informações. Seria difícil ler tudo em uma noite, mas achou páginas marcadas com flechinhas feitas a lápis.

– Você deixou estas marcas, vô – ela sussurrou com um sorriso. – Vamos ler, então!

A primeira flecha indicava o seguinte texto:

> *[...] Há precedentes, porém. Espadas eram bens demasiado preciosos, e bastante caros, para encontrarem-se em posse de membros da plebe. As armas de boa qualidade costumavam ser portadas apenas pela nobreza e passavam de geração em geração.*
>
> *Sabemos ainda que muitos nobres arruinados e jovens bastardos, sem outras perspectivas de vida, engajavam-se nas Cruzadas com o objetivo de subir socialmente, indo de pajens e escudeiros até*

a, quem sabe, cavaleiros. Não raro a exaltação religiosa e a ânsia de tirar a Terra Santa das mãos dos mouros os motivava, além do anseio de realizar feitos heroicos e se sobressair no manejo de armas em escaramuças.

Também havia a tradição de espadas famosas serem entregues a novos cavaleiros, após a morte de alguns guerreiros ilustres que as utilizaram em batalha.

No livro "A Cavalaria na Idade Média", do historiador Robert Anderson, nas páginas 12 e 13, há a reprodução de um manuscrito que menciona um certo templário de nome Gregório, bem como uma ilustração do homem no ato de receber certa espada bem peculiar das mãos de um típico Cavaleiro do Santo Sepulcro. A legenda dá a entender que o fato foi real e se teria passado durante uma Cruzada. Não foram poucos os comentários de estudiosos sobre a lâmina desenhada, que destoa das que eram mais comuns à época.

A garota franziu as sobrancelhas. Espadas que passavam de geração em geração? Um templário recebendo uma espada "peculiar", que destoava das que eram "mais comuns à época"?

Não sabia o que significava "peculiar", precisaria procurar no dicionário. E já ia buscar a próxima página marcada por flechinhas quando uma batida na porta a sobressaltou.

– Apague a luz, Gi – disse Josias. – Já é tarde e você tem de levantar cedo amanhã.

– Tudo bem, pai – respondeu contrariada.

De qualquer forma, estava com tanto sono que não conseguiria avançar muito na investigação. Recolocou tudo na caixa de sapatos, devolveu ao esconderijo e apagou as luzes. Ao adormecer, pensava em como era incrível que a história daquela espada estivesse chegando até ela aos poucos, como se fosse uma mensagem enviada por alguém no passado.

Sainte-Eulalie-de-Cernon/Região de Aveyron, França, 1808

Àlex abriu os olhos, mas não via absolutamente nada. Conseguia respirar, e, embora suas pernas ainda estivessem na água, sua cabeça e tronco repousavam em terra – ou pedra.

Arrastou-se mais para terreno seco e esfregou os olhos, achando que havia algo de errado com eles. Somente então começou a recordar tudo que lhe ocorrera. A traição de Napoleão, voltando-se contra os aliados da Espanha; a escaramuça na tenda, a fuga e o mergulho no lago.

Tentou raciocinar. O túnel sob as águas o levara a uma espécie de gruta; percebia claramente o correr da água bem próximo. Provavelmente chegara à margem interna da caverna e desmaiara assim que saíra do lago e pudera respirar. Sentia frio, fome, e os ferimentos doíam menos, o que indicava que algum tempo havia se passado. Seria a noite do mesmo dia em que fugira?

Tateou o chão e ficou primeiro de joelhos, depois de pé, avançando com as mãos e balançando os braços inutilmente. O ar era úmido e ele imaginou que a caverna fosse grande, mas não conseguia enxergá-la naquela escuridão. Porém, tinha aprendido muito na vida de militar.

Procurou seus tesouros escondidos. Um toco de vela e uma pedra de pederneira que ele aprendera a carregar no cano da bota, um canivete na outra. O pavio da vela estava úmido, mas não foi difícil secá-lo com os dedos. Ainda às cegas, abriu o canivete e riscou-o contra a pederneira.

Faíscas iluminaram a gruta por um segundo, sendo substituídas pela luz da vela quando o pavio se acendeu na terceira tentativa.

Agora, conseguia enxergar à sua volta. Estava num salão natural não muito grande, o teto pouco acima do alcance de seu braço. Viu a entrada do túnel e a água, que formava uma piscina em um dos cantos, quase meio metro abaixo do nível da caverna. Como ele conseguira puxar-se para cima antes de desmaiar? Não lembrava. Andando um pouco, calculou a largura em uns nove por vinte passos de comprimento, e havia um brilho como de moedas no chão. Em outro canto, algo muito mais surpreendente chamou sua atenção: uma ossada humana, ainda protegida pelos restos de uma armadura.

Um tabardo deteriorado, veste que um dia devia ter sido branca, com a marca de uma cruz nas costas informou-o de que o esqueleto havia sido um cavaleiro templário. Estava caído por sobre uma espécie de laje, como se tivesse morrido apoiado nela. Quando se aproximou para examinar mais de perto, o catalão percebeu, junto aos restos mortais, uma espécie de pano encerado. Pensou que, se reunisse aquilo aos restos do tabardo, obteria uma tocha, embora não tivesse nenhuma ripa de madeira para sustentá-la. O teto não era alto, mas havia espaço suficiente para a fumaça dispersar-se sem sufocá-lo.

Considerou suas opções e lutou contra a repugnância da ideia, mas, pedindo desculpas à alma do templário, pegou um dos fêmures do esqueleto para servir de base à tocha. Precisou tirar a ossada de cima da laje de pedra.

Teve sucesso: a claridade mais intensa permitiu-lhe ver melhor o interior da caverna. Algo caído ao chão reluziu, e ele identificou uma adaga velha, tomada pela ferrugem. Teria sido essa a arma que matara o cavaleiro? Notou também que a laje de pedra era uma espécie de tampa. Apoiando a tocha no piso de pedra com cuidado, ajoelhou-se e empurrou a laje, que se moveu ruidosamente, revelando seu segredo.

Dentro de um nicho escavado na pedra, brilhou a lâmina de uma espada. E Àlex de Granyena percebeu o que ela protegia...

Quanto valeria aquele tesouro dos templários, tesouro de toda a cristandade? O segredo que via revelado diante de si poderia mudar o destino de um homem. Entretanto, o soldado catalão suspirou, fez o

sinal da cruz e proferiu uma prece. Resignado, voltou-se para a caveira, agora repousando no chão, e prometeu:

– Juro que jamais revelarei o segredo que morreste para proteger – em seguida, tomou uma espada que se destacava junto ao ouro e às joias e completou: – Mas peço-te que me concedas tua lâmina como presente. Ela já não tem mais serventia para ti.

Ao observar alguns detalhes da espada, percebeu, impressionado, como estava bem conservada. Era certo que passara séculos guardada no sarcófago de pedra, protegida da umidade que vitimara a adaga. Com tristeza, notou que um dos gumes mostrava um dente profundo, certamente criado no impacto com outra arma. Talvez um bom ferreiro pudesse consertar isso. Por hora, ela lhe proporcionaria alguma proteção para a fuga que teria de realizar.

Imaginava se poderia voltar pelo túnel e arriscar-se a sair no lago. Haveria muitos inimigos à sua espera? Ou as tropas já se teriam movido? Poderia esperar na caverna; certamente a fuga seria mais segura em dois ou três dias, não conseguiria calcular a passagem do tempo...

Sua tocha duraria apenas algumas horas, e não tinha comida consigo, isso era fato. Poderia beber a água do lago, mas somente a água não o manteria forte para cruzar o túnel depois de dias.

Decidiu que tentaria dormir um pouco para enganar a fome e o frio e depois disso tentaria fugir. Esperava que já fosse noite; talvez logo chegasse a manhã. Se acordasse mais tarde, encontraria o sol a pino, mas teria então mais certeza de as tropas francesas terem partido.

Tirou as botas molhadas, conferindo se a vela, a pederneira e o canivete estavam a salvo no lugar, e apagou a tocha, esfregando-a contra o chão. Então se deitou junto à laje e fechou os olhos – contudo, manteve a espada ao alcance das mãos.

•

Dias atuais

A bibliotecária da manhã no colégio era amiga de Gina. Sabia da cisma da professora Narivalda com ela e lhe havia recomendado vários livros de aventura. Na sua opinião, alunos criativos sempre despertavam a implicância de alguns mestres, e a leitura de ficção – em especial a de literatura fantástica – ajudava-os a lidar com tais problemas.

No intervalo da primeira para a segunda aula, a garota apareceu e pediu um dicionário, que ela prontamente entregou. Viu-a sorrir ao buscar uma palavra. Ao devolver o volume, ela pediu:

– Será que a gente tem aqui um livro chamado "A Cavalaria na Idade Média"?

Um olhar triste da moça foi resposta suficiente, mas ela acrescentou:

– Infelizmente, não. Bem que eu queria ampliar a seção de História, mas o diretor diz que não há verba. Já ouvi várias menções a essa obra! O problema é que, além de tudo, é uma edição de décadas atrás, e temos sido pressionados a descartar qualquer coisa impressa na ortografia antiga...

A menina ficou injuriada.

– Não faz sentido. Tá cheio de livros que não têm edição moderna, e vão ser jogados fora só por causa da ortografia ter mudado? Que coisa mais estúpida!

– Atenção ao linguajar! – repreendeu uma voz ríspida atrás dela.

Era a professora Narivalda, que acabara de entrar na biblioteca com alguns livros para devolver e ouvira a última parte da frase. A garota encolheu-se, com medo de retrucar. A bibliotecária, porém, veio em sua defesa:

– Na verdade, professora, esta aluna tem certa razão. Obras antigas deveriam ser colocadas numa seção especial, pois são documentos de época e trazem informações valiosas. Mas essa discussão não nos compete, é coisa para ser abordada na próxima reunião do Conselho Escolar, não acha?

A outra não respondeu. Simplesmente colocou a pilha de livros que trazia na mesa que ostentava um cartaz com a palavra "devolução" e saiu com um olhar mal-humorado para Gina.

Ela suspirou e ia sair também, quando a moça a chamou.

– Não fique chateada, você não é a primeira aluna com quem ela implica, nem será a última. Agora, quanto ao livro sobre a Cavalaria, se você quer mesmo consultá-lo, acredito que existam cópias nas bibliotecas municipais maiores. E eu sei, de fonte segura, que há um exemplar na Fundação Von Kurgan. Você deve conhecer, não fica longe deste bairro.

Ela agradeceu pela informação, enquanto um arrepio passava por sua espinha ao ouvir aquele nome.

"Preciso falar com o Mau", era o pensamento saltitante em sua cabeça ao retornar à classe.

●

O celular de Gabriela trinou em seu bolso, e só então ela recordou que não desativara o som. Um olhar da bibliotecária da faculdade foi o suficiente para ela pegar o aparelho e silenciá-lo. Era a mensagem de uma amiga de sua turma, que a esperava na sala da próxima aula.

"Pelo menos não é a dona Lurdes", refletiu aliviada, preparando-se para fechar seu notebook e ir encontrar a colega. Conferiu as horas no celular. Passara todo o tempo do intervalo das aulas pesquisando na biblioteca. No entanto – tinha de admitir que andava tão paranoica quanto a avó –, levara seu próprio laptop, não desejando usar as máquinas da faculdade.

Fechou várias páginas abertas e ia encerrar a última, quando pegou, com o rabo do olho, uma imagem que ainda não analisara. Franzindo a testa, acionou o zoom e ampliou o desenho.

Era uma iluminura, ilustração medieval comum nos manuscritos da época. Seria muito difícil a um estudante, hoje em dia, observar ao vivo essas obras-primas dos monges copistas da Idade Média; a tecnologia, contudo, levara acadêmicos do mundo inteiro a digitalizar páginas iluminadas sem fim e a disponibilizá-las na internet.

– Isto aqui... Será? – a adolescente balbuciou encantada.

Sem hesitar, destacou e copiou a figura, incluiu-a numa página em branco e enviou para o computador central da biblioteca. Obteria uma impressão.

O rapaz que trabalhava lá naquele dia era falante demais para seu gosto. Concordou em imprimir a página para Gabi enquanto oferecia palpites que ela teria dispensado.

– Legal, essa iluminura é uma das mais nítidas que eu já vi. Normalmente estão bem apagadas, a não ser que tenham sido retocadas num programa, mas aí perde a cara de coisa antiga, não é? Gostei do jeito com que o artista retratou o cavaleiro. Pelas roupas, devia ser um daqueles defensores do Santo Sepulcro, aposto. Tive um professor obcecado por esses sujeitos. E olha só a espada na mão dele, é bem diferente. Não parece a arma de um Cruzado, o que você acha que...

Para alegria da garota, o sinal do próximo período soou e ela teve uma boa desculpa para pegar a folha impressa e ir embora rapidamente.

– Valeu! Deixa eu ir, senão vou me atrasar.

Ele a viu afastar-se na corrida e notou que ela não ia em direção às salas, seguia para a porta de entrada e saída. E Gabriela parou apenas para enviar uma mensagem à amiga, contando que surgira um problema e ela não assistiria à próxima aula.

– Esses jovens de hoje em dia não têm a menor educação – resmungou o rapaz, sem atentar ao fato de que ele mesmo seria apenas dois anos mais velho que a garota.

•

A neta de dona Anita nem havia saído dos jardins do campus quando deu com um vulto apoiado numa árvore próxima à biblioteca.

Ele acenou de leve em sua direção e ela teve vontade de dar meia-volta para sumir entre os prédios. Mas sabia que não podia fazer isso.

Estava tremendamente mal-humorada quando se dirigiu ao sujeito.

– O que você quer? Estou ocupada.

Ele sorriu e manteve-se à sombra da árvore.

– Só queria saber se você desistiu. O trabalho, como sabe, não foi terminado.

Gabriela respondeu entredentes:

– Não tenho mais o que fazer. Vovó está a cada dia pior, nada do que diz faz sentido e o médico disse que a demência senil avançou.

– Mesmo assim... – foi o comentário, sempre sorridente, de seu interlocutor.

– Deixem a gente em paz – ela o cortou. – Não vou fazer mais nada para vocês.

E retomou o passo com rapidez, virando o quarteirão na esquina seguinte.

O homem esperou que ela sumisse, então acionou um celular.

– Sim, sou eu – murmurou. – Como pensávamos, ela sabe mais do que está nos dizendo. Teremos de pressioná-la. Claro, podemos começar o que combinamos hoje mesmo.

Depois de desligar o telefone, ainda admirou por alguns segundos a copa das belas árvores daqueles jardins, antes de fazer exatamente o mesmo caminho que a garota fizera.

Sainte-Eulalie-de-Cernon/Região de Aveyron, França, 1808

Àlex acordou assustado, faminto e com os ferimentos latejando. Tivera um pesadelo em que o comandante Lambert lhe aparecia com o rosto irreconhecível, destroçado pelos golpes com o tabuleiro de xadrez. Acusava-o de assassiná-lo e o catalão tentava defender-se com o argumento de que o outro traíra as leis de hospitalidade, antes de tudo.

Levantou-se zonzo, amaldiçoando a si mesmo. Não era um recruta inexperiente, que se deixasse ser atormentado por fantasmas. Por outro lado, nunca antes havia matado alguém que apenas momentos antes considerara um amigo. Quando escapasse, procuraria um padre para confessar-se... Sabia que, a princípio, havia defendido a si e a seu comandante; porém agira com crueldade ao massacrar o atacante – e essa era a ação de um mercenário comum, algo indigno de sua posição de oficial.

Olhou em torno; conseguia enxergar mais que no dia anterior, talvez por ter-se acostumado às trevas da caverna. E sua mente lhe trouxe outra questão: se Pailletière achasse que ele havia se afogado, preso em alguma vegetação do lago, seria capaz de ordenar que disparassem tiros de canhão na água para que o corpo viesse à superfície. Era improvável, mas possível; e, se as estruturas da entrada da caverna fossem atingidas, ele ficaria preso ali para sempre, com seu silencioso companheiro...

Recriminando-se por não ter pensado nisso antes, colocou a espada na cinta e preparou-se: precisaria de forças para mergulhar novamente.

Nadou em direção oposta à que viera, contra a correnteza. Não foi difícil encontrar a passagem, e a claridade na água era um bom guia; contudo, precisou de mais fôlego do que imaginara para cruzá-la. Teria comemorado, quando finalmente deixou o túnel submerso, se não estivesse sem ar e ansioso por subir à superfície.

Amanhecia. Ele agradeceu aos céus, pensando que a boa fortuna o salvara novamente.

À sua espera, divisou um par de sentinelas dormindo encostadas contra uma árvore. Aproveitaria a displicência dos inimigos; nadou lentamente e da forma mais silenciosa possível até a margem. Depois do pesadelo, nem pensou em dar cabo deles, mas, para evitar problemas, apossou-se de um dos mosquetes, caído ao chão, e da munição de ambos. Deixou o outro afundar no lago. Teriam que explicar a perda das armas e enfrentariam uma punição severa, mas ao menos estariam vivos. Talvez nem se dessem conta do que acontecia, e perderiam um longo tempo procurando pelos mosquetes...

Depois seguiu pela mata, evitando sua trilha do dia anterior e rezando para que o sol secasse seus vestígios; o fato de estar molhado deixaria um rastro mais fácil de ser seguido. Contornou o caminho que fizera e buscou sair do bosque acima da posição do acampamento. As tropas estavam lá, organizando-se para partir, provavelmente atrasadas pela morte de Lambert e pela necessidade de conter os soldados espanhóis. Postado de forma a ter uma visão privilegiada, identificou o local onde seu contingente estava detido. Não conseguiria resgatá-los naquele momento.

Aguardou. A manhã avançava e ele percebeu que os franceses pareciam dividir-se em dois grupos. Provavelmente o grupo maior marcharia adiante e o resto ficaria para trás, para vigiar os espanhóis. Imaginou se seriam levados para alguma prisão. Estavam desarmados e não poderiam ajudá-lo se improvisasse um ataque. Por outro lado, enquanto fossem prisioneiros, seriam um peso para os franceses, tendo de ser mantidos sob guarda e minimamente alimentados.

Considerou suas opções e decidiu que jamais se perdoaria se os abandonasse naquele estado. Resolveu esperar até que a tropa principal se afastasse, para tentar algo.

Não demorou muito para que seu desejo fosse atendido: a tropa começava a mover-se. O avanço, porém, era lento. Uma longa coluna

de infantaria avançava vagarosamente, com poucos oficiais montados e carroças a transportar barracas, suprimentos e canhões. O final da linha era fechado por mais soldados a pé.

O sol já estava a pino quando a formação finalmente sumiu de sua visão; seria improvável que voltassem rapidamente. E, no tempo que passara observando, Àlex percebera que os prisioneiros superavam, em três ou quatro para um, o número de vigias. Era claro que os franceses haviam recebido ordens de esperar novas tropas antes de mover-se. Palletière devia estar no comando, com a morte de Lambert.

Àlex de Granyena afagou a empunhadura da espada que julgava um presente dos céus. Sorriu, imaginando que, se criasse uma distração, faria a situação inverter-se...

Identificou a oportunidade perfeita ao ver os poucos cavalos restantes amarrados a alguma distância. Poderia afugentá-los e criar confusão suficiente para gerar uma reação.

Assim que o acampamento pareceu retornar à normalidade, Àlex colocou o plano em ação. Ignorou a fome e o cansaço e rastejou pelo mato, contornando o acampamento. De vez em quando, parava para confirmar que ninguém o vira. Em um ritmo seguro, levou um bom tempo para chegar aonde desejava. Era imperativo que os franceses não suspeitassem imediatamente de um ataque.

Tomando o máximo de cuidado, escondeu-se da linha de visão por trás dos cavalos. Viu que sua própria montaria estava entre os que haviam ficado para trás. E começou a soltá-los com agilidade. Montou seu animal, mantendo-se oculto pelo corpo do cavalo, e precipitou um estouro dos demais.

O plano funcionou. Apanhados de surpresa, uma parte dos soldados franceses saiu correndo atrás dos cavalos para reuni-los. Ele seguiu agarrando-se à montaria no início do estouro, mas conseguiu desviá-la para o lado, contornando o acampamento. Os homens, que tentavam alcançar o bando em fuga, pouca importância deram àquele único, sem perceberem que levava um cavaleiro. Assim, ele cavalgou em direção aos prisioneiros espanhóis.

Quando o viram chegando pronto para o ataque, as sentinelas mais próximas da borda do acampamento fizeram menção de atirar. Ele derrubou a primeira com um tiro do mosquete que surrupiara e desviou-se dos disparos. Em instantes, cavalo e cavaleiro lançaram-se sobre os infelizes vigias. Largou o mosquete e deixou que a espada, reluzindo novamente à luz do dia, se firmasse em sua mão. Em instantes, o segundo vigia tombara e o catalão dava combate às baionetas dos demais. A lâmina antiga era soberba, seu peso finamente equilibrado e um fio ainda estava perfeito. Após alguns minutos de luta, seus oponentes estavam incapacitados.

Os espanhóis logo perceberam a deixa e atacaram os soldados mais próximos. Embora desarmados, a superioridade numérica era incontestável. Dois foram abatidos assim que os franceses abriram fogo, mas os restantes conseguiram subjugá-los.

Os franceses que haviam deixado o campo começaram a voltar atraídos pelos tiros, e nada puderam fazer. Com a vantagem do número, posicionados defensivamente no acampamento e novamente armados, os ex-prisioneiros inverteram a situação e os antigos captores foram rendidos.

Surgiu então a questão do que fazer com os despojados donos do acampamento. Com a traição de Napoleão, os espanhóis estavam em terreno hostil; deviam deixar a França o quanto antes. Não poderiam, porém, permitir que os inimigos dessem o alarme. Os soldados mais afoitos sugeriram a Granyena, que assumira o comando, uma execução em massa.

No entanto, o catalão argumentou que um cavalheiro não machucava um inimigo já derrotado. Além de que os franceses, apesar da traição de seu imperador, não haviam maltratado os espanhóis; seria desonroso executá-los sumariamente.

Já haviam descoberto que estavam aguardando reforços para dividir-se novamente: uma parte escoltaria os cativos e a outra avançaria atrás da coluna original de Pailletière.

Àlex conferenciou com seus próprios suboficiais e tomou uma decisão.

Enquanto os cavalos eram novamente reunidos e os mantimentos, armas e munições franceses eram saqueados, os feridos foram atendidos e os mortos foram enterrados. Todos os capturados foram então amarrados e agrupados nas maiores barracas. Ao desconforto somar-se-ia a humilhação quando fossem encontrados pelos reforços que estavam a caminho. A tática não custaria a vida de nenhum prisioneiro e daria aos espanhóis o tempo de que precisavam...

O novo comandante reuniu os homens e distribuiu as montarias entre os melhores cavaleiros; estes seguiriam com ele. Os demais se dividiriam em pequenos grupos para perseguir e fustigar a coluna de Pailletière.

Todos buscariam a fronteira da Catalunha, embora Granyena e seu grupo cavalgassem na frente, a toda a velocidade. Sua estratégia seria contornar a coluna sem parar para combater. E, enquanto cavalgava furiosamente, brandindo a espada templária, que logo mandaria consertar, o oficial catalão apenas pensava, com o coração grave, que a Espanha devia resistir.

Não importava quantos anos levasse: Napoleão precisava cair, agora e de uma vez por todas.

CAPÍTULO XIV
Dias atuais

Gina terminou o milk-shake e levou o copo descartável para uma lixeira coletora ao lado da mesa em que estivera sentada. Da janela da lanchonete podia ver o prédio do outro lado da rua, de onde, agora, seu irmão saía. Foi encontrá-lo na calçada, evitando olhar para a placa que ostentava, em letras douradas, os dizeres "Fundação Von Kurgan – Biblioteca".

A expressão de Mauro era satisfeita, o que a alegrou. Cumprimentaram-se e o irmão mais velho indicou que deviam seguir em frente.

– A entrada é cheia de câmeras, melhor conversarmos na praça – propôs.

A dois quarteirões havia uma pracinha; os dois embrenharam-se nela até encontrarem um banco à sombra. A manhã fora quente e desde a hora do almoço o sol estava a pino.

– Como vão as coisas em casa? – perguntou Mauro enquanto remexia na mochila.

– Tudo bem... – ela respondeu um tanto tímida. – Fora o fato de que o Conan não quer comer e passa o tempo todo olhando a porta, esperando você chegar. O pai não diz nada, só fica assistindo programas de esporte. E a mãe anda com os olhos vermelhos.

Um sorriso triste abalou o rosto de Mauro.

– E você? Como vai indo?

A garota deu de ombros.

– Vou bem, só que sinto sua falta. Mau, você precisa voltar!

– Eu sei – um suspiro introduziu a frase do irmão. – Assim que der, eu volto. Por enquanto, estou na casa do Tuco e a gente pode continuar se falando por mensagens. Vamos ao que interessa! Consegui mais do que imaginava.

E mostrou várias imagens em seu celular.

– Você achou o livro! – exclamou Gina.

– Achei, mas não foi fácil. O bibliotecário da fundação é desconfiado, quis ver minha carteirinha da faculdade e só depois de fazer uma ficha é que foi buscar os livros que eu pedi.

– Chi! Agora eles vão saber que um neto do seu Basílio esteve aqui... Você não falou *naquele* livro, falou?

O outro riu.

– Óbvio que não, irmãzinha. Requisitei três obras bem difíceis de achar sobre Direito Financeiro! Mas, como dei uma pesquisada no catálogo e na disposição da biblioteca antes de entrar lá, sabia que a seção de História fica do lado oposto. Enquanto o homem ia para a área do Direito, fui fuçar e encontrei o "A Cavalaria na Idade Média" sem grandes problemas. Aliás, esse autor, Robert Anderson, parece ser ótimo. Quando esta encrenca toda passar, eu quero ler o livro inteiro.

Gina estava conferindo as fotos.

– São as páginas 12 e 13, as citadas no livreto do vovô? Não dá pra ver direito.

– Sim. Temos de baixar no computador e imprimir. E fotografei mais algumas, além do sumário. Com isso, acho que vamos avançar bastante.

Ao devolver o celular, a caçula levantou-se aflita.

– Então vamos lá pra casa. Em pouco tempo a gente transfere os arquivos e imprime.

Mauro hesitou.

– Não sei... o pai e a mãe...

– Eles não estão em casa, só chegam à noite. Você pode almoçar comigo, a gente resolve tudo, e eles nem vão saber. Além disso, o Conan precisa de você...

A menção ao cachorro amoleceu o coração do rapaz. Concordou com a cabeça e os dois deixaram a pracinha.

•

Dona Lurdes estava lavando a louça do almoço quando Gabriela entrou em casa.

– Tudo bem com ela? – a adolescente perguntou, deixando a bolsa sobre a mesa.

A boa mulher parecia um pouco nervosa.

– Dona Anita almoçou bem, hoje, mas estava agitada. Foi se deitar há meia hora e pegou no sono logo. Se você estiver com fome, Gabi, deixei um prato pronto no forno.

– Estou mesmo – suspirou ela, parecendo aliviada. – Não sei o que eu faria sem você, Lu.

As duas conversaram um pouco enquanto ela almoçava, e só depois que a ajudante se despediu e saiu foi que Gabriela resolveu conferir o quarto da avó.

A porta estava entreaberta, como sempre ficava, e ela olhou para a cama... Mas não viu o que esperava.

– Vovó? – exclamou com a voz falhando.

A cama fora desfeita, porém não havia o menor sinal de dona Anita.

A garota saiu pela casa alucinada, abrindo todas as portas e olhando em todos os cantos.

Depois, sentou-se no degrau da entrada, apertando a cabeça entre as mãos.

– De novo, não! – murmurava sem parar, desanimada.

Segóvia, Espanha, 1858

Dom Diego de Grañena esquivou-se com um passo para a esquerda, ao mesmo tempo em que girava o pulso e apontava sua espada para o chão. Como esperado, a lâmina de seu adversário foi deslocada para o lado e a ponta encontrou apenas o ar. Unindo golpe e contragolpe, girou o braço enquanto o esticava, o fio de sua arma buscando agora o topo da cabeça do oponente. O francês, porém, arqueou as pernas abaixando-se, ao mesmo tempo em que puxava a própria espada de volta sobre a cabeça. O golpe de Diego resvalou e subiu, dando espaço para o contra-ataque inimigo e um corte na altura dos joelhos. Com certa dificuldade, o espanhol saltou para trás, colocando-se a salvo. Sem pausar, ambos se levantaram e investiram novamente um contra o outro.

Desta vez foi Diego que iniciou os ataques, cortando em todas as direções, procurando uma abertura na guarda do oponente – que parecia apenas se defender e recuar. No minuto seguinte, a situação inverteu-se: o francês começou a avançar, ganhando terreno em relação ao outro. Por várias vezes, a alternância repetiu-se. Aquele que parecia prestes a vencer a luta sofria um contragolpe e o inimigo recuperava a vantagem.

Afinal, exaustos, acenaram um para o outro com a cabeça e abaixaram seus sabres. A plateia que os cercava saudou-os de forma ruidosa. Era um dos raros dias de descanso na Academia Militar de Segóvia, mas os dois jovens buscavam praticar esgrima em todas as ocasiões que os outros alunos aproveitavam para descansar. De fato, sua audiência era composta pelos colegas – que pareciam descansar em dobro, ao verem os dois duelando.

Dom Diego sentou-se na grama que os cercava e seu amigo, chamado por todos de Gaston, imitou-o. Diferenciando-se de Diego e da maioria dos alunos da academia, o rapaz não era espanhol. Havia outros jovens franceses lá, porém ele pertencia à linhagem dos Bourbon, a casa real da França. Sua família havia sido destronada pela primeira revolução e retornara ao poder após a queda de Napoleão I, apenas para ser derrubada por uma segunda república – que Napoleão III convertera mais uma vez em império. O avô de Diego havia lutado longos anos contra os franceses nas montanhas da Catalunha; no entanto, seu neto havia encontrado um amigo no jovem francês, que crescera exilado na Espanha.

Gaston contemplou seu próprio sabre, examinando as marcas deixadas pelo combate. Portava uma espada de boa qualidade, mas enfrentar a de Grañena todos os dias cobrava alto preço. Logo precisaria substituí-la. Pedindo licença com um gesto, tomou a arma de seu amigo, que jazia sobre a relva. A empunhadura era semelhante às demais que ambos viam diariamente. Mas a lâmina era reta, diferente do padrão para um sabre de cavalaria. Ao longo da maior parte do aço, corriam três sulcos cuja função era melhorar o equilíbrio e diminuir o peso, bem mais largos e fundos que o único sulco próximo às costas de um sabre comum. O mais peculiar, porém, era que, por mais letal que aquela espada fosse, o francês poderia jurar que havia algo estranho com sua simetria.

– Percebo, amigo, que nunca me explicaste a origem de espada tão singular – comentou o jovem, demonstrando no olhar a curiosidade.

O espanhol ficou sério por um instante, parecendo pensar antes de responder.

– A origem desta arma é uma espécie de lenda dentro da família.

Com calma, pegou a espada de volta e apontou-a para cima, mirando os dois lados da lâmina, e, em seguida, esticou o braço para avaliar o peso da arma.

– Meu pai, Alejandro de Grañena, nasceu em Aragón, mas meu avô era catalão. Tinham o mesmo nome: Àlex Granyena era o nome de meu avô em versão catalã. Conta-se na família que ele estava estacionado num regimento na França no dia em que Napoleão declarou guerra à Espanha. Quando tentaram rendê-lo, meu avô e seu oficial, um marquês, reagiram. O marquês foi morto, mas meu avô conseguiu escapar, mesmo tendo perdido sua espada. Na noite da fuga, ele abrigou-se nas ruínas de uma antiga fortaleza dos cavaleiros templários. Por obra de Deus Nosso Senhor, certamente, de alguma forma encontrou uma catacumba... e lá, repousando sobre o túmulo subterrâneo de um único cavaleiro, estava esta espada.

Gaston ergueu as sobrancelhas impressionado.

– O que pensas dessa história, amigo? Ouvi dizer que há muitos castelos dos antigos templários na França. Sabes se algum deles possui criptas?

– Não saberia dizer, meu caro – retrucou o francês. – Quando eu retornar à França, vem comigo e procuraremos juntos. Mas eu poderia jurar que há algo além do ordinário em tua arma.

Com um aceno de cabeça, Diego concordou.

– Acertaste. Segundo me disseram, a espada era afiada em ambos os lados mas tinha um feio dente num deles. Ainda durante a guerra, meu avô procurou alguém que pudesse consertá-la. Mas não havia nenhum mestre armeiro disponível, e o rude homem que fez o serviço simplesmente aplainou-a da forma que pôde. O velho expressou seu desgosto sobre isso até o fim da vida. Mais tarde, ao fim da guerra, encontrou outro artesão, que melhorou o serviço do primeiro. Infelizmente, não era mais possível refazer o fio sem alterar demasiado a lâmina. Como uma compensação simbólica, meu avô teria pedido ao artesão que mantivesse parte do cabo antigo por dentro do novo, quando refez a empunhadura. Assim, ela foi transformada no que é hoje. Por muito tempo pertenceu a meu pai, e agora eu carrego-a com muito orgulho.

Dias atuais

O entusiasmo de Gina, quando o irmão ampliou as imagens e melhorou a resolução das fotos, foi contagiante. Soltava exclamações de alegria e Conan, que estivera descansando (e babando) sobre os tênis de Mauro desde que ele se sentara ao computador, como a matar as saudades, levantou-se e começou a correr pela sala, sem parar de latir.

A iluminura que fora citada no livreto amarelado era mesmo antiga; dentro da moldura formada pela imagem do cavaleiro templário, encontrava-se um texto em latim que começava com a frase *"Militia est vita hominis super terram"*.

– Latim – suspirou o irmão mais velho. – Não entendo bulhufas. Mas se a gente copiar, tem aplicativos que traduzem para o português.

Demorou um pouco para encontrarem um aplicativo de tradução e alimentarem a caixa de diálogo com o original. Enquanto aguardavam a tradução – o aplicativo era lento para o gosto de Gina –, compararam a ilustração da espada com as fotos do avô e o desenho que fora feito pela velha senhora. Mauro tentou resumir a situação, olhando tópicos que anotara num caderninho.

– Pelo que descobrimos até agora, vovô e dona Anita acreditavam que a espada foi feita nos tempos antes de Cristo, talvez na Gália. Passou pela época dos romanos e, se for a mesma, andou na mão dos cavaleiros que defendiam Jerusalém na época das Cruzadas. De alguma forma, voltou pra Europa e teria sido reformada até que, como dizia a plaquinha que você viu na exposição, pertenceu a alguém que lutou na Guerra do Paraguai. É meio louco acreditar nisso, mas...

A garota chamou sua atenção para a tela do programa.

– A tradução terminou! Vamos imprimir.

Com a folha impressa em mãos, ambos leram, preenchendo as lacunas que o tradutor não conseguira completar, como artigos e outros complementos:

A vida do homem sobre a Terra é uma guerra. E (os) homens santos que dedicam sua vida ao Cristo (e à) Madre Igreja defendem (a) Fé pela Espada, santificada por Deus. Gregório, (o) pobre Cavaleiro do Templo de Salomão, recebeu santamente sua Espada nas terras (do) Santo Patrício, retirada (das) entranhas da terra, (na) cave que preservou (a) Fé e (as) Relíquias de (um) Homem Santo. (O) Martírio foi (sua) recompensa e (sua) Espada (ele) deixou em (na) Terra Santa ao ser chamado (para a) Glória dos Céus.

– Confuso – concluiu Gina. – Quem é Gregório? Quem é Patrício? E o que é "cave"?

– Sei lá, provavelmente é este cidadão do desenho. Aqui diz "Cavaleiro do Templo de Salomão": é uma referência aos templários. E a "cave" deve ser uma caverna, já que falam em "entranhas da Terra"... Patrício deve ser São Patrício, o padre que levou o Cristianismo para a Irlanda. Acho que eles acreditavam que a espada pertenceu a algum santo da Irlanda, esteve enterrada com as "relíquias", os restos mortais do santo, e foi entregue a um cavaleiro templário chamado Gregório.

E fez mais algumas anotações no caderninho. Sua irmã suspirou.

– Faz sentido. O livreto do vovô diz que a Ordem dos Templários foi extinta no século XIV. Isso cobre mais um pedaço da história da espada. E depois?

Mauro ia responder, mas naquele momento Conan recomeçou a latir e a porta de entrada se abriu: Liana acabava de chegar.

– Mãe? – disparou Gina preocupada. – Tudo bem? Você voltou cedo.

Liana sorriu, pronta a acalmar a filha; só saía mais cedo do trabalho quando estava doente. Então viu o filho mais velho e pareceu bem constrangida.

– Está tudo certo. O prédio começou a ser dedetizado e os escritórios tiveram de fechar antes da hora, hoje. E... Mauro, tudo bem com você?

Tão constrangido quanto a mãe, o jovem só pôde fazer que sim com a cabeça.

– Então eu... vou fazer um café – e foi para a cozinha, com Conan atrás dela, ainda latindo.

– Acho melhor você ir, Mau – murmurou Gina, não querendo presenciar outra encrenca.

Assentindo com a cabeça, o outro foi fechando os arquivos, enquanto a irmã guardava os novos impressos na mesma caixa que agora abrigava as fotos de seu Basílio.

– Vou aproveitar o resto da tarde e passar no clube de esgrima, quem sabe marco a aula-teste que a gente tinha combinado, o que acha?

– Legal! Quero mesmo voltar naquele lugar.

A irmã o beijou e Mauro saiu; a mãe continuava tomando café na cozinha. Gina acabara de esconder de novo a caixa de sapatos na hora que o telefone tocou.

– Quem? – indagou Liana, que atendera a ligação. – Gabriela?... Olha, ele acabou de sair. Posso passar seu recado, se... Como?... Nossa, isso é grave. Não, para cá ela não veio. Pode deixar, vou me comunicar com meu filho imediatamente.

Ela havia acabado de desligar o telefone quando a filha entrou na cozinha.

– Mãe? Você disse "Gabriela"?

Liana olhou para Gina de um jeito estranho. Afinal, respondeu:

– Sim. Essa garota acaba de telefonar querendo falar com seu irmão. Disse que a avó dela desapareceu e, por algum motivo, acha que a tal senhora poderia estar aqui! Faz sentido para você?

A adolescente engoliu em seco. O que poderia dizer à mãe? Mas Liana não esperou por uma resposta, já foi pegando de novo o aparelho fixo da cozinha.

– Não importa, a moça parecia desesperada. Seu irmão não deve estar longe. Vou ligar para o celular dele e avisar o que está acontecendo; se ele puder ajudar, tanto melhor.

•

Ela havia hesitado muito diante do aparelho telefônico antes de discar o número que tinha diante de si, num cartão. Era do detetive que havia questionado sua avó na semana do roubo da espada no museu.

Afinal, decidira-se; e agora aguardava.

– Alô! Detetive Fabrício, divisão de roubos – disse a voz do outro lado.

– Ahn... Eu queria falar com o detetive Sérgio, por favor. É urgente.

Uma pausa do outro lado e então veio a resposta:

– O Sérgio está de férias, eu assumi os casos dele. De que se trata?

Foi a vez de Gabriela fazer uma longa pausa. Sua paranoia ativada, ela pensava se podia ou não confiar naquele policial...

Então a campainha da casa tocou e ela decidiu adiar o problema.

– Ah, nada não. Eu ligo outro dia, obrigada.

Desligou o telefone e foi abrir a porta na esperança de que dona Anita tivesse retornado...

Mas não era sua avó. Era Mauro. Disse, com os olhos no chão, como naquele dia do ônibus:

– Minha mãe me deu seu recado. Vim na mesma hora.

E ela não hesitou; abraçou-o com força, tentando não chorar.

•

– Ah! – exclamou Sérgio com um sorriso ao ler o texto que tinha diante de si, na tela do computador. – Posso voltar amanhã sem que o departamento pessoal me incomode.

Ele sempre falava sozinho, e, depois daqueles dias em que ficara afastado da delegacia, por ter compulsoriamente tirado as férias vencidas, a mania aumentara mais – mesmo porque não viajara: permanecera na cidade fazendo investigações a distância. Agora, descobrira uma brecha que lhe permitiria retornar ao trabalho antes do prazo que lhe haviam dado.

Foi mexer na cópia do dossiê sobre o roubo da espada, ao qual havia reunido as informações sobre outros furtos: o de uma escultura italiana do século XVI e uma fotografia original da Segunda Guerra Mundial, levadas de antiquários em shopping centers; a gravura de Debret com cenas do Brasil Colônia e a *katana* de samurai, roubadas de colecionadores particulares; além de uma antiga carta manuscrita e um retrato da Marquesa de Santos subtraídos de duas galerias de arte.

"Pelo menos consegui determinar que todos os roubos aconteceram dentro de um perímetro restrito... zonas central e sudoeste da cidade."

Olhou um mapa do município que pregara na parede do apartamento e conferiu os alfinetes coloridos, que marcavam cada ponto de onde um objeto histórico fora levado. Formavam uma linha circular. E seus olhos pararam bem no centro do suposto círculo, onde uma bolinha verde indicava um local turístico aberto ao público.

– Fundação Von Kurgan. Que coincidência, não?

Seu olhar ia da ironia à raiva, pensando pela milésima vez em quem teria forçado a Secretaria de Segurança a impingir-lhe as férias, quando o telefone tocou. Ele reconheceu, na telinha do aparelho, o número da delegacia.

– Sérgio? É o Fabrício. Tudo bem com você?

– Tudo bem, amigo. Aliás, melhor impossível: posso voltar ao trabalho amanhã.

O outro pareceu aliviado com a notícia.

– Isso é ótimo! Mas preciso te dizer uma coisa: hoje uma moça telefonou aqui, querendo falar com você. Tinha a voz bem perturbada. Quando eu disse que você estava de férias, ela desligou. Mas identifiquei o número e vi que estava anotado no seu dossiê: é o fixo de uma casa na Travessa Brevidade...

– A casa da dona Anita! – o detetive concluiu. – Devia ser a neta dela, a Gabriela. O que foi, exatamente, que ela disse?

– Só que era urgente. Achei melhor te avisar. Quer que eu ligue para ela e a pressione?

Sérgio pensou um pouco.

– Não. A moça já me conhece, deixei meu cartão com ela. Acho que vou procurá-la. Valeu, Fabrício. Amanhã estarei aí.

•

– Ainda acho que você devia ligar para a polícia – disse Mauro.

Gabriela olhou para ele com determinação.

– Eu olhei na internet. A divisão de desaparecidos não pode fazer nada enquanto não tiverem se passado 24 horas do desaparecimento... e ela sumiu hoje depois do almoço.

– Tem certeza de que você checou todos os lugares possíveis?

Com um suspiro, a garota enumerou:

– A sua casa. A loja do bairro que vende lãs e linhas para crochê. A igreja da praça. A clínica onde ela se trata. As ruas mais próximas... Eu fui em cada lugar e também falei com a dona Lurdes. Ela disse que ia procurar mais: a esta hora deve estar falando com todos os lojistas do bairro!

O rapaz parecia incomodado em ficar ali, sem fazer nada.

– Eu posso sair e dar uma busca no trajeto daqui até o nosso apartamento. Ela pode ter ido pra lá e entrou numa rua errada, ou se perdeu no caminho.

Gabriela teve de novo vontade de chorar. E ele sentiu que a garota estava escondendo algo.

– Gabi. Tem alguma coisa que você não me contou?

O toque da campainha a salvou de ter de responder. Correu para a porta, mais uma vez esperançosa... e deu com o detetive Sérgio, que olhava com desconfiança seu rosto angustiado.

– Boa tarde, senhorita Gabriela. Meu colega, o detetive Fabrício, disse que você tentou me ligar hoje. O que está acontecendo?

•

À noite, ninguém ainda encontrara o menor sinal da velha senhora. Sérgio examinara a casa e a conclusão fora de que ela saíra pela porta traseira. Mas não se podia dizer se ela o fizera por vontade própria ou atraída por alguém que a chamasse. Havia marcas de pés na terra do quintal dos fundos, o que parecia indicar que outra pessoa estivera lá; contudo, eram tão sutis que apenas a Polícia Científica conseguiria descobrir indícios a partir disso.

– Eu mesmo vou dar parte na divisão de desaparecidos – ele prometeu à neta de Anita. – A senhorita deve ficar em casa, para o caso de ela voltar, ou de alguém pedir um resgate. Quem pode ficar com você aqui?

– Posso... pedir para a dona Lurdes ficar – Gabi respondeu.

– Vou ficar também – afirmou Mauro; depois, olhou meio sem jeito para a garota e complementou: – Se você quiser, é claro. A casa é sua.

Sérgio pensou ter notado uma faísca sair dos olhos da moça ao ouvir isso. Então, com um quase sorriso, ela fez que sim com a cabeça.

– Tudo bem – disse o rapaz. – Vou avisar minha irmã e meu amigo Tuco.

– Vamos encontrá-la – afirmou o detetive. – Nossa equipe é das melhores da cidade, fique tranquila. E vou deixar também o meu celular; pode me ligar, a qualquer hora.

Isso dito, ele se despediu, depois de anotar um número no mesmo cartão que dera a Gabriela.

Ao dar partida em seu carro, voltou a falar sozinho.

– Dane-se o departamento pessoal. Vou para a delegacia agora, nada de esperar até amanhã.

Fabrício já o aguardava. Os dois detetives se trancaram numa sala e trocaram informações; o colega comunicou uma novidade de que Sérgio ainda não fora informado.

– Hoje de manhã, eu telefonei para o museu. Desde a semana passada tento falar com o diretor sobre os novos desdobramentos do caso da espada. E sabe o que a secretária dele me informou? Que ele tinha acabado de se aposentar.

– Como assim? O homem se aposentou de um dia para o outro? – o investigador estranhou.

– Mais estranho que isso: a moça parecia bem aborrecida, e me contou que não só chegou um aviso sobre a aposentadoria do diretor, mas um comunicado de que ele havia recebido um prêmio do Conselho do Museu de História.

Com um bufo, Sérgio completou:

– Deixe eu adivinhar: o prêmio é uma viagem? Imediata?

Fabrício sorriu.

– Virou vidente, meu amigo? Exatamente, um cruzeiro para as ilhas gregas. O ex-diretor partiu nesta manhã.

– E quem está dirigindo a instituição, agora?

– A secretária não parecia nada satisfeita com isso: um dos funcionários mais antigos assumiu como diretor interino. Um certo senhor Matias Schklift.

CAPÍTULO XV
Tetuán, Marrocos, 1860

Desde o final do ano anterior, Espanha e Marrocos estavam em confronto. Junto a mais oficiais egressos da Academia, Gaston d'Orléans e Diego de Grañena encontravam-se no norte da África desde o começo das batalhas. No momento, a campanha durava pouco mais de três meses. Os combates haviam sido rápidos e sempre favoráveis à Espanha. Era o começo de fevereiro; as tropas espanholas já marchavam em direção a Tetuán, um de seus alvos finais.

Entretanto, a coluna com a qual avançavam havia parado, ameaçada por forte oposição do inimigo. Os espanhóis precisavam atravessar uma planície, após a qual havia uma ravina em que os marroquinos entrincheiravam-se. De um morro próximo, contando com as vantagens do terreno elevado, algumas peças de artilharia também davam proteção à trincheira improvisada.

Os espanhóis tinham tentado um primeiro avanço, mas a cobertura mútua das duas posições inimigas causara mais baixas do que o comandante ibérico estava disposto a ceder. Assim, a situação aparentemente chegara a um impasse.

Diego, porém, concebera um plano, que Gaston, agora com patente de Capitão, conseguira autorização para levar adiante. Enquanto as tropas principais permaneciam imóveis, ambos haviam seguido com um pequeno contingente rumo à própria retaguarda. Depois, fizeram um trajeto em curva, afastando-se de suas tropas e das marroquinas. Com esse traçado, após algumas horas, alcançaram e adentraram a ravina em uma posição bem distante da área de conflito.

Valendo-se do traçado irregular do caminho, seguiam buscando surpreender o inimigo pelo flanco. Os soldados, sob o comando de Gaston, aguardavam com as armas prontas, cientes de que um único tiro antes da hora podia denunciá-los e arruinar o plano.

Um leve ruído interrompeu os pensamentos de todos, que se prepararam para atacar. O batedor enviado para espionar retornava por trás de um barranco. Ele se descuidara no último momento do trajeto e chutara uma pedrinha. Pedindo desculpas, apresentou seu relatório.

Os marroquinos posicionavam-se cerca de quinhentos metros à frente. Quarenta ou cinquenta metros antes, havia uma curva no barranco, a partir da qual ele os observara.

Diego raciocinava rapidamente; murmurou algo para Gaston. Dando seguimento ao plano, a tropa avançou sem produzir sons ostensivos.

A largura da ravina permitia que até quatro homens caminhassem apertados lado a lado, mas, se o combate se tornasse corpo a corpo, apenas dois seriam suficientes para bloquear a passagem. O batedor, de nome Íñigo, seguia com Diego adiante dos demais: caberia a eles iniciar o ataque.

Chegando à posição que fora definida, a tropa estacou e aprontouse, enquanto os dois seguiram adiante, cada um portando dois mosquetes e fazendo a curva com tranquilidade. Os marroquinos haviam realizado emboscadas inúmeras vezes; agora seriam eles a cair em uma.

Ambos gritaram para chamar atenção dos adversários. Uma parte deles vigiava a planície, enquanto outros descansavam, à espera do próximo embate.

Antes que houvesse tempo para reação, Diego e Íñigo abriram fogo, atingindo três dos alvos pretendidos e, ato contínuo, lançaram-se

de volta por onde vieram. O fogo de resposta atingiu apenas a parede de terra da encosta, mas a perseguição não tardou.

Os homens viram Íñigo e depois Diego surgirem imediatamente após os tiros. O burburinho que os acompanhou indicava que o inimigo vinha logo atrás. A tropa, formada em fileira quádrupla, os recebeu.

O oficial espanhol deu a ordem para abrir fogo, e os quatro soldados da frente abateram os primeiros marroquinos que fizeram a curva. Em seguida, abaixaram-se e prepararam suas baionetas. O segundo grupo de perseguidores foi acolhido da mesma forma, e a segunda fileira abaixou-se para recarregar. Atrás dela, uma terceira linha aguardava, pronta parar disparar. No entanto, após a queda dos dois primeiros grupos, o próximo hesitava em fazer a curva.

Os tiros eram o sinal que Gaston esperava. Ele havia saído da ravina com parte dos soldados e avançara paralelamente a ela, para trás da posição inicial do inimigo. Agora, em meio à confusão, eles saltaram para dentro das trincheiras, atacando com mosquetes, pistolas, espadas e baionetas. Os marroquinos que haviam avançado viram-se divididos – ou continuavam a perseguição, ou retornavam em auxílio de seu grupo.

A indecisão era o que a tropa espanhola necessitava para avançar em carga, com Diego gritando à frente dela e brandindo a espada herdada de sua família.

Fumaça de pólvora começou a encher a ravina, junto aos gritos dos homens lutando. A estreiteza do lugar favorecia os atacantes, já que os defensores não podiam usar a vantagem do número. A confusão era perceptível mesmo ao longe, e logo o comandante do exército espanhol deu ordens de que suas tropas avançassem contra os canhões posicionados no morro, que já não teriam o apoio da trincheira.

Os espanhóis, agora, tinham de preocupar-se com uma única fonte de fogo e podiam espalhar-se para não serem alvos fáceis. No final, a artilharia foi tomada, e um grupo de apoio chegou à trincheira para render os marroquinos derrotados.

Zaragoza/Aragón, Espanha, 1864

Diego e Gaston brindaram. Sentados em divãs, um de frente para o outro, cada um tinha na mão uma taça com vinho francês. Alguns anos haviam transcorrido desde a guerra no Marrocos, mas ambos recordavam cada batalha como se tivesse ocorrido horas antes. De fato, comentavam sobre o episódio da ravina que antecedera a batalha de Tetuán, a maior de toda a guerra – e que, junto à derrota seguinte em Wad-Ras, precipitara a rendição do sultão Maomé IV.

O cenário não era de luxo na residência dos Grañena em Aragón, na Espanha. O jovem Bourbon não se importava; sempre fora uma pessoa prática, pouco afeita às ostentações e salamaleques das cortes.

Ambos haviam participado de várias batalhas e obtido renome em todas, retornando como heróis à Espanha, onde Gaston se radicara desde antes dos tempos da Escola Militar. Era, na verdade, uma consequência dessa fama que havia levado o jovem francês a visitar o amigo para uma conversa naquele dia.

– Diego – começou o príncipe –, lembras-te daquele dia em que eu te disse que, quando retornasse à França, tu poderias ir comigo para procurarmos juntos os túmulos dos templários?

O jovem espanhol franziu o cenho, como se estranhasse o motivo da pergunta.

– Sim, recordo-me – admitiu. – Acaso estamos então de partida para tua terra natal? Seria uma notícia realmente grandiosa.

– Em verdade, receio que seja o contrário – declarou o francês. Sério, emendou: – Teremos de adiar nossa ida à França.

Diego não conseguiu conter a surpresa e perguntou preocupado:

— O que há, então? Não recebi nenhuma convocação do exército. Ocorre alguma calamidade? Devemos viajar a outra parte?

Pausadamente, como a saborear a surpresa do amigo, Gaston prosseguiu.

— Viajar, sim! Uma calamidade, creio que não — e sorriu ao completar: — Recebi uma proposta para ir ao outro lado do mundo, atravessar o Atlântico. Irias comigo, se te pedisse?

Diego não hesitou em sorrir de volta.

— Nem precisarias pedir. Decerto que seguiria contigo.

— Então, amigo — declarou o jovem oficial francês, ampliando o sorriso —, prepara tua bagagem. Partiremos para o Brasil, a convite do imperador.

Espantado, o catalão ergueu as sobrancelhas.

— Para a guerra? Nós...

Gaston interrompeu com um gesto o comentário que viria e concluiu:

— Nada tão drástico. O convite do imperador é para que eu conheça uma de suas filhas e a despose. Os arranjos já foram feitos. Eu me casarei com uma das princesas do Brasil.

Dias atuais

Foram dias difíceis para Mauro, que percebia o quanto Gabriela estava sofrendo. Várias vezes ele notou que ela parecia a ponto de lhe fazer confidências, mas sempre se continha. Isso o deixava bem cismado... E, repensando suas atitudes, fazia de tudo para não a pressionar. Ele já havia deixado claro que gostava dela. Mas, no momento, a preocupação era o paradeiro de sua avó.

Só podia dar-lhe apoio, mostrar que não estava sozinha.

Após o desaparecimento ser registrado, a polícia investigava. Os detetives Sérgio e Fabrício entravam em contato com a divisão várias vezes por dia; porém, já haviam se passado 48 horas após o sumiço de dona Anita e não havia nem notícias nem um pedido de resgate.

Na tarde do segundo dia, Liana estava de folga do trabalho e foi com a filha à casa da Travessa Brevidade; Gina lhe contara parte do caso. Com a permissão de Gabi, Mauro se transferira da casa do amigo para lá, instalando-se no sofá; não queria deixá-la sozinha à noite, embora durante o dia dona Lurdes viesse. Sempre que chegava, a mulher, agoniada, choramingava pelos cantos.

Naquele dia Lurdes não fora e, aproveitando o fato de que Liana e Gabriela instalaram-se na cozinha para tomar chá, o irmão mais velho chamou a irmã no corredor.

– Olha, eu estou preocupado. Tem alguma coisa que a Gabi não tá me contando. A gente podia aproveitar e dar uma busca pela casa, para o caso de aparecerem mais indícios escondidos, como aquela carta.

Gina hesitou. Gostava de investigar, mas não lhe agradava mexer assim nas coisas de dona Anita. Por fim acabou concordando, dizendo a si mesma que era uma esperança de ajudá-la.

E os dois puseram-se a procurar, da forma mais discreta possível. Mexeram na estante onde Anita encontrara as pastas e caixas no outro dia, fuçaram em gavetas da sala e do quarto da velha senhora. Lá, deram com a cesta de crochê, onde ficava o comprido cachecol cor-de-rosa que ela tecia; e, embaixo do trabalho, viram a fotografia de uma moça negra de seus vinte anos.

– Olha, Mau, não parece a Gabi?

– Parece – o outro respondeu, franzindo a testa. – Mas não é ela, a foto é antiga. Deve ser a mãe, a filha da dona Anita. Tem mais fotos aí?

– Não, só lãs e agulhas... – fez uma pausa. – Espera aí.

Tateando, ela encontrara um saquinho de pano que continha pequenas bolas de lãs coloridas. No meio delas, sentira algo diferente.

– Ah! – Mauro exclamou ao ver surgirem mais pequenos retângulos de papel fotográfico.

Havia um retrato de dona Anita quando jovem, em sépia. Também a foto de um grupo de jovens numa formatura; esta precisaria ser analisada sob uma lente, para se reconhecer alguém. Por fim, a mesma fotografia do clube de esgrima, porém ampliada.

– Esta é bem mais nítida que a nossa – comentou Gina, apontando os retratados, um por um. – V, A, B, M, R. O tal Valbert von Kurgan, dona Anita, vô Basílio. E dois meninos que são parecidos, o "M" mais velho e o "R" mais jovem. Quem serão eles? Eu estive pensando...

Não chegou a dizer o que havia pensado. Gabriela chamou Mauro para tomar chá e ele seguiu para a cozinha, recomendando:

– Guarda tudo isso aí, Gi. Depois a gente olha melhor.

A adolescente, porém, não estava com vontade de interromper aquele ponto da investigação. Além disso, ao recolocar os objetos na cestinha, viu no verso do retrato em sépia uma inscrição leve, feita a lápis. Apertou os olhos para ler. Dizia:

Para Aníbal Augusto

– Já vi esse nome em algum lugar – murmurou.

E, de súbito, ela se lembrou. Pôs as fotos no bolso e foi também para a cozinha. O irmão se sentara junto às mulheres e tomava chá também. Sem perder tempo, Gina foi perguntando:

– Mãe, você sabe quem foi Aníbal Augusto?

Confusa, Gabi a fitou.

– De quem está falando?

– Aníbal Augusto. O vovô tinha algum amigo com esse nome, ou...

– De onde saiu isso, Gi? – Mauro irritou-se.

A mãe deles, contudo, pareceu recordar algo.

– Espere, acho que sei. Esse nome era algum tipo de piada entre meu pai e minha mãe. Eu me lembro de ela chamar papai de Aníbal quando ele se esquecia de fazer alguma compra ou deixava cair algo no chão. Sempre pensei que fosse um apelido carinhoso para ele.

– Apelido? Tipo um *nick*, um codinome? – sugeriu Gabi.

Os dois irmãos entreolharam-se, como se não quisessem fornecer muita informação às duas. Mas o olhar de Liana era inquisitivo e, por fim, Gina acabou revelando:

– É que nas coisas do vô tem uma espécie de recibo, com um endereço, nesse nome. E eu achei uma foto da dona Anita com o mesmo nome escrito atrás.

Todos se levantaram da mesa ao mesmo tempo.

– Vamos para casa ver o tal recibo! Pode não significar nada, mas pode também ser alguma pista – decidiu Mauro.

Gabriela foi na frente, já pegando a bolsa.

– Eu vou junto – declarou sem deixar margem a negociações. – Vou ligar pra dona Lurdes e pedir que venha pra cá; se vovó voltar ou se houver alguma notícia, ela liga para o meu celular.

Na rua, encaminharam-se para o carro de Liana, que estacionara a alguns metros. No entanto, Gina ficou para trás.

– Eu não vou agora. Lembrei que... preciso passar na casa de uma amiga pra falar de um trabalho da escola. Encontro vocês mais tarde, lá em casa.

Liana ia discutir, porém o filho mais velho já estava abrindo seu carro. Suspirou e entrou.

Após a partida dos outros, a garota ficou ainda um tempo na calçada, observando as fotografias que escondera no bolso. À luz do dia, analisou melhor a foto do clube de esgrima.

– É ele. Tenho certeza, agora. E acho que sei como pressionar pra conseguir informações.

Foi seguindo para a avenida, enquanto guardava as fotos de novo num bolso e do outro tirava... o celular do irmão.

"Quando o Mau descobrir que esqueceu o celular, já vou estar longe", pensou com um sorriso maroto.

começou a abrir os registros recentes de ligações do irmão. Somente depois de algum tempo foi que ela teclou um número.

•

Sérgio entrou na delegacia mais frustrado que nunca. Reassumira seu cargo, apesar da má vontade do delegado, que resmungou algo como "o departamento pessoal vai chiar, você tinha de ficar fora o mês todo". Entretanto, o detetive havia encontrado uma brecha na lei para voltar antes do prazo e não ligou nem um pouco para os resmungos.

Primeiro repassou com Fabrício todos os avanços da investigação – quase nada, na atuação do colega na delegacia, e bastante coisa, em sua atuação informal nas pretensas "férias".

Descobrira que, de um modo ou de outro, cada um dos objetos históricos roubados na cidade tinha alguma ligação com a Fundação Von Kurgan. Ou haviam sido restaurados por profissionais que trabalhavam lá, ou tinham participado de exposições patrocinadas pela fundação, ou sua venda acontecera em leilões de que Valbert von Kurgan participara.

– Conseguiu? – perguntou Fabrício assim que viu o amigo entrar.

– Que nada – foi a resposta do irritado detetive ao sentar-se. – O homem nunca está na fundação. Tentei de tudo: ligar, marcar hora, aparecer sem avisar, e a secretária sempre diz a mesma coisa: *O senhor Schklift precisou sair para um compromisso urgente e não tem hora para voltar.*

O investigador júnior riu da voz que o outro fazia imitando a funcionária.

– Bom, aqui, pelo menos, temos algum progresso: veja isto.

E estendeu a ele um documento cuja visão fez Sérgio sorrir.

– Finalmente! Eu sabia que a Polícia Federal teria alguma coisa interessante para nós. Você esteve na superintendência?

– Sim. Foi só mencionar a fundação e vi os olhos de uns três agentes brilharem. Um deles, o Lupércio, tem trabalhado com a Interpol e disse que nossas suspeitas têm fundamento. Mas é a mesma história: a gente precisa mais que suspeitas, para convencer um juiz a emitir o mandado...

Sérgio, já bem menos irritado, sorriu, levantou-se e foi pegar o dossiê do caso no arquivo.

– Não faz mal se demorar, vamos tirar cópia disto, preparar a papelada e levar para o chefe. Quando puser os olhos no relatório dos federais, ele vai arregalar os olhos.

Naquele momento seu celular tocou e ele passou a papelada para Fabrício. Ao ouvir o que alguém dizia do outro lado da linha, foi ele quem arregalou os olhos.

– Como é que é?!

•

Liana não disse, mas estava bem animada com a perspectiva de Mauro voltar para casa.

Assim que chegaram lá e ela se dispôs a abrir a porta trancada do quartinho na área de serviço, ele a olhou com um sorriso meio sem jeito.

– É que... as coisas do vô não estão mais aí, mãe.

Naturalmente, ela deveria bronquear; naquela situação, porém, engoliu a bronca.

– Suponho que sua irmã tenha se apossado da caixa. Onde está, no quarto dela?

– Deixe que eu pego – foi a resposta do rapaz.

E, enquanto Gabi e a mãe esperavam, ele foi mexer no guarda-roupa da irmã.

Logo Mauro despejava sobre a mesa da sala o conteúdo da caixa de sapatos. Gabriela começou a analisar os vários objetos espalhados e não demorou para que encontrassem o recibo que Gina mencionara. O rapaz anotou em seu caderno o endereço que constava do tal documento.

– Tem uma marca d'água no papel, vejam – disse Liana, olhando aquilo contra a luz. – Ah! Acho que já sei o que é isto. Parece um comprovante de compra ou aluguel de um cofre. Alguns bancos fazem isso, para as pessoas guardarem seus valores.

– Se for verdade – acrescentou Gabi, erguendo um pequeno objeto que encontrara no meio da bagunça –, então esta pode ser a chave do cofre!

Mauro pegou a chavinha enferrujada que ele e a irmã já tinham visto.

– Bom, nós podemos tentar ir a esse endereço do papel e ver se é lá que fica o tal cofre – propôs. – Conseguiu ver o que está escrito na marca d'água, mãe?

Liana devolveu o papel à mesa.

– Parece ser um logotipo. Algo com as letras "B" e "P"...

O filho já estava acionando o computador.

– Vamos pesquisar. "B" e "P". O que pode ser? Banana-Prata? Banca Pública? Batata Podre?

– *Banco Popular* – murmurou Gabi, apossando-se do teclado. – Olhem!

Ela rapidamente digitou aquilo num programa de busca e a primeira coisa que viram foi o mesmo logotipo, em cinza bem claro sobre branco, unindo as duas letras.

– "O Banco Popular" – Liana começou a ler a legenda que aparecera – "é uma instituição antiga que foi pioneira em disponibilizar cofres a preços módicos, para que as pessoas com pouco poder aquisitivo pudessem guardar seus pertences com segurança. Existe há mais de sessenta anos". E vejam só os endereços! Um deles bate com o do recibo. Fica perto daqui, deixe eu ver...

Gabi já estava perto da porta, pronta a sair.

– Nem acredito que você e sua irmã tinham essa dica o tempo todo e não foram atrás!

Ele fez um gesto de impaciência com os ombros.

– Como íamos saber que Aníbal Augusto era um nome secreto do vô?

Gabriela suspirou concordando.

– Só preciso de um tempo para trocar de camisa – pediu Mauro correndo para o quarto.

Liana sorriu disfarçadamente. O filho saíra de casa só com a muda de roupas que costumava levar na mochila, devia estar morto de saudades de sua roupa lavada e dobrada nas gavetas...

– Não demore! – instou Gabi, já na porta.

No entanto, ela parou antes de sair, pegando o celular no bolso. Liana percebeu que, aparentemente, recebera uma mensagem.

– Alguma notícia de sua avó? – perguntou.

A moça não respondeu de imediato. Sorriu meio sem jeito e saiu para o corredor.

– Não, é... outra coisa. Com licença, preciso falar com uma pessoa.

Nem Liana nem Mauro ouviram a curta conversa que ela teve fora do alcance de seus ouvidos. Assim que o filho voltou à sala e pegou o recibo e a chave, a mãe confidenciou:

– Olhe... Acho que a Gabriela está escondendo alguma coisa. Está falando ao celular lá fora. Será que são os sequestradores, e pediram sigilo? Isso é estranho, meu filho.

– Eu sei, mãe – o rapaz suspirou. – É bem possível. Mas não quero pressionar a Gabi. O jeito é esperar e ver se ela conta o que é. Bom, vamos ao tal banco. Você vem?

– Não, tenho muita coisa a fazer por aqui. A Gina e seu pai devem chegar logo. Se houver novidades, me ligue, tudo bem?

Distraído, ele fez que sim com a cabeça. Revirara os bolsos e não encontrara o celular... Devia ter esquecido na casa de dona Anita. Saiu atrás de Gabriela.

Encontrou-a com o ar bem transtornado; porém, achou melhor não dizer nada. Embora a conhecesse há pouco tempo, já percebera que era preciso esperar os momentos certos para obter confidências. De outra forma, ela se tornava defensiva.

"E eu achava que minha última namorada é que era complicada...", pensou, sorrindo, com cara de bobo; nos últimos dias, voltara a ter esperanças de ficar com Gabriela.

●

– Paris? – estranhou o detetive.

– Paris – confirmou o delegado. – Vou repetir o vídeo.

Ele havia chamado Sérgio e Fabrício em sua sala e lhes mostrara uma matéria da tevê que ostentava a data do dia anterior. Os três acompanharam pela segunda vez a reportagem e ouviram o locutor, que narrava com a típica falta de emoção da imprensa televisiva:

– O evento foi aberto oficialmente pelo prefeito de Paris e contou com a presença do cônsul brasileiro, além de várias autoridades da área de Cultura da França. A exposição fica aberta ao público até o final do mês no Instituto Parisiense de História e marca o início da colaboração entre esta instituição e a Fundação Von Kurgan, para recuperar e restaurar peças históricas. Esteve presente o presidente da fundação, que veio a Paris especialmente para inaugurar a mostra e concedeu uma entrevista exclusiva aos nossos repórteres.

– Sem dúvida, esta colaboração franco-brasileira vem consolidar o trabalho da fundação na preservação de bens culturais...

O delegado clicou no mouse, fazendo a exibição do vídeo congelar, com o rosto de Valbert von Kurgan olhando para a câmera numa insuportável expressão de "eu-sou-um-sujeito-importante-e-vocês-sabem-disso".

– Então ele está em Paris – começou Fabrício. – Se emitirmos um mandado...

– Os advogados avisam o homem e ele não volta – concluiu Sérgio. – O que faremos?

O delegado fechou a pasta que continha o dossiê, teatralmente.

– Esperamos que ele retorne, claro. Não se preocupem, eu sei que este senhor está enrolado até o pescoço em corrupção, e a papelada da Polícia Federal vai ajudar para que o Judiciário emita o mandado. Mas precisamos ir com cautela, porque Von Kurgan tem influência em toda parte. Não podemos deixar que desconfie de nada, ainda.

Sérgio conferiu a hora no celular.

– Certo. Agora, se me dão licença, tenho de ir encontrar uma pessoa. E, se tudo correr bem nesse encontro... pode ser que encontremos uma forma de engambelar o ilustre presidente da fundação. Com Paris ou sem Paris.

E o detetive saiu, deixando o colega e o chefe a lidar com a papelada que iria, naquele mesmo dia, para as mãos de um juiz.

•

Ao entrar no café, o detetive reconheceu a garota, sentada numa mesinha próxima à janela que dava para a rua. Ela olhava para uma fotografia que tinha nas mãos.

Sentou-se a seu lado, discreto.

– Bom, estou aqui, Gina. E bastante curioso desde que recebi seu telefonema. O que você tem de tão importante para me dizer sobre o roubo da espada?

Viu a adolescente suspirar, colocar a foto sobre a mesa e começar a falar:

– Muita coisa. Vou contar tudo que eu sei, uma história que começou faz um bocado de tempo. E depois, se o senhor concordar, eu gostaria de telefonar para certa pessoa...

Sérgio ergueu as sobrancelhas e olhou para a fotografia, enquanto a garota começava a falar.

•

O som estridente do telefone fez a moça tirar o fone do aparelho num susto.

– Clube Real de Esgrima, em que posso ajudar?

Uma voz bem jovem pediu:

– Quero falar com o seu Ricardo, por favor.

– Qual o assunto? – ela indagou bocejando.

– É pessoal. E urgente. Só posso falar com ele mesmo – foi a resposta.

Com uma torcida de nariz, a moça tapou o bocal com a mão.

– Seu Ricardo, para o senhor. Uma mocinha, acho. Diz que é urgente. E pessoal.

O homem, que estava mexendo em arquivos no mesmo escritório, franziu a testa.

– Vou atender na outra sala, espere um minuto e desligue.

Fechou a porta e pegou o aparelho. Aguardou a secretária desligar e só então falou:

– Clube Real de Esgrima, Ricardo falando. Quem é?

– Seu Ricardo? É a Gina, a neta do seu Basílio. Eu e meu irmão estivemos aí, lembra de nós? Queríamos marcar uma aula-teste.

Um tanto irritado, o homem sentou-se e bufou.

— Para isso poderia falar com a recepcionista. Na verdade, acho até que seu irmão já marcou um horário. Por que insistiu em conversar comigo?

— É que... — a garota pareceu hesitar. — O assunto é meio complicado. Quando estivemos aí, nós encontramos a Gabriela, que faz esgrima aí no clube.

— E daí? — a irritação de Ricardo aumentou. — Veja, eu tenho muito o que fazer.

— Daí que a dona Anita, a avó da Gabriela, desapareceu. Nossa amiga está desesperada. O senhor sabia disso?

Fez-se silêncio na ligação. O gerente do clube engasgou, tossiu, depois respirou pesadamente. Afinal, tornou a falar.

— Eu... é... isso é grave. Eu não sabia de nada... Sinto muito — franziu as sobrancelhas intrigado. — E por que você está me contando esse fato? Pelo que eu sei, a pobre senhora está senil, e não há nada que se possa fazer sobre isso. Devem dar parte do desaparecimento na polícia!

Ele ouviu a menina inspirar, como a reunir coragem para dizer algo.

— É que a dona Anita foi membro desse clube, antigamente. Junto com o meu avô. Se ela está senil, como o senhor disse, não poderia ter-se desligado do presente e ligado com o passado? De repente, ela foi até aí.

— Aqui?! — a voz de Ricardo saiu esganiçada, em pânico. — Não, não, aqui ela não está.

— Tem certeza? No dia em que eu e meu irmão estivemos aí, vimos que o prédio é grande, tem muitas salas que não são utilizadas. O senhor sabe, uma pessoa idosa pode ser bem esperta, achar lugares pra se esconder.

Ricardo ergueu-se bruscamente e quase derrubou o aparelho telefônico da mesa.

— Olhe, menina, para começar, isso não é da sua conta. Se a dona Anita tivesse aparecido por aqui, eu saberia e avisaria sua neta! Agora, se me dá licença, tenho mesmo muito a fazer. Boa tarde!

E desligou, quase jogando o fone sobre o aparelho.

A porta abriu-se e a secretária apareceu no vão.

– Seu Ricardo? Está tudo bem?

Ele lhe deu as costas, pegando um lenço no bolso e limpando o suor da testa com ele.

– Claro... Tudo... bem. A senhorita pode ir para casa.

A moça inclinou a cabeça desconfiada. O gerente nunca lhe permitira sair mais cedo.

– É que eu estou terminando de organizar as fichas dos alunos novos e...

– Isso fica para amanhã. Pode ir agora, tenha uma boa tarde!

Ele não voltou a sentar-se. Apoiou-se na mesa e esperou, até que ouviu os passos dela descendo a escadaria e o bater da porta de entrada. Então, foi mexer num armário estreito.

Trêmulo, abriu-o e conferiu vários ganchos que continham chaves. Um, dois, três, quatro...

– Não... – murmurou desanimado.

Os ganchos numerados de cinco a oito estavam vazios. As várias chaves que até alguns dias atrás os ocupavam haviam desaparecido!

Murmurando xingamentos impronunciáveis, Ricardo voltou a sentar-se e teclou um número que parecia saber de cor. Esperou, impaciente, que o interlocutor atendesse.

•

Sérgio havia escutado toda a conversa pelo viva-voz do celular usado pela garota. Olhava para a mesa, pensando, pensando... até que fitou Gina e disparou:

– Ele passou do tédio para a agressividade muito depressa. Isso até pode indicar que tenha culpa no sumiço da dona Anita. Ou pode simplesmente mostrar que é um homem de gênio irascível. O que fez você suspeitar do seu Ricardo?

– Eu não suspeito diretamente dele. Minha aposta é neste outro homem, do lado dele, na foto. Viu como os dois são parecidos? Posso jurar que são parentes, irmãos ou primos.

– Mas por que suspeitar das pessoas que estão nesta fotografia em particular?

– Porque ela estava junto com a foto da espada que foi roubada... Eu e meu irmão reconhecemos aqui o nosso avô, quando era jovem. Veja as letras abaixo de cada pessoa: V, A, B, M, R. Este da esquerda é o V: Valbert von Kurgan. Depois vem A e B: a dona Anita e o vô Basílio. Em seguida tem um M e um R... R é de Ricardo. Se o senhor conhecesse o gerente do clube de esgrima, ia concordar que é ele!

O detetive franziu a testa. Nada daquilo era uma prova – nem de que aquelas pessoas teriam culpa num sequestro, muito menos no roubo da espada. Mas seu instinto policial fora despertado ao ouvir o nome do presidente da fundação.

– Então o doutor Von Kurgan era membro desse clube? É dele que você desconfia?

Gina apontou para o outro sujeito retratado na foto.

– Eu desconfio é do M! E como o seu Ricardo deve ser parente dele, pode saber de alguma coisa. O que eu disse é verdade: o prédio do clube é enorme e está quase vazio, com portas e janelas pregadas, só no primeiro andar tem as salas de esgrima. Acho que, pra começar, se a gente descobrir qual o nome que começa com M...

O detetive levantou-se e retrucou:

– Isso eu acho que sei. O M é de Matias, um funcionário que acaba de ser promovido no Museu de História. É melhor você ir para sua casa, Gina. Eu vou fazer uma visita a esse tal clube.

– Quero ir junto – declarou a adolescente.

– Nem pensar. Pode ser perigoso e...

– O senhor sabe onde fica o clube de esgrima?

Sérgio embatucou.

– Não, mas posso descobrir com uma simples pesquisa na internet.

Com um sorriso, a garota rebateu:

– Boa sorte. Na minha primeira pesquisa, dei com mais de mil entradas e perdi um tempão. Agora, se quiser que eu diga onde é, digo agora e em dez minutos chegamos lá.

— Desde que eu te leve junto.

Gina abriu um grande sorriso.

— É. Desde que me leve junto. Porque, se não me levar, eu vou sozinha mesmo e aposto que chego lá antes do senhor...

RIO DE JANEIRO, BRASIL, 1864

O Rio de Janeiro era quente, mas a Espanha e Marrocos também o eram. Graças a isso, Dom Diego conseguia suportar o calor daquela manhã de outubro, mesmo vestindo uma farda de gala. Puxou o relógio de dentro do bolso, apertando o botão que abria a tampa do visor.

Eram quase dez horas da manhã, os noivos chegariam em breve. Guardou-o de volta, acariciando com os dedos a corrente que o prendia à casaca. Distraído, o oficial espanhol postava-se no Largo do Paço com a Guarda Nacional, da qual agora fazia parte. Sabia que sua rápida aceitação devia-se em parte às suas condecorações na guerra, mas era provável que, em igual medida, houvesse a influência do amigo que naquele dia se tornaria genro do imperador.

O jovem soldado analisava o quanto era peculiar a família imperial do Brasil. Conhecera nos salões do Paço o imperador, que lhe passara uma impressão de grande erudição e interesse na ciência; no entanto, tivera ao mesmo tempo uma sensação estranha, como se em seu íntimo aquele soberano não desejasse ter sobre a cabeça o peso da coroa. Com relação às filhas, deixara a cargo destas a escolha dos noivos. Inicialmente, havia sido proposto que Gaston se casasse com a filha mais nova, a princesa Leopoldina, ao passo que seu primo se casaria com a princesa Isabel, herdeira do trono. Porém, após conhecer os príncipes de

Orléans, as irmãs pediram ao pai a inversão dos noivos. Para escândalo de toda a nobreza da Europa, ele aceitara.

Gaston mostrara-se feliz com a mudança. Havia confidenciado ao amigo Diego que, embora não achasse nenhuma das duas realmente bonita, preferia Isabel.

De forma súbita, o espanhol interrompeu sua divagação. O burburinho da multidão crescia, indicando que o cortejo dos noivos se aproximava. Diego gritou uma ordem para seu pelotão e sacou a espada. Segurando-a firmemente, com a lâmina paralela ao corpo e a ponta para o céu, ele marchou com cerimônia à frente de seus homens.

Não pôde deixar de pensar em como era apropriado que uma espada que considerava francesa, apesar das lendas que a cercavam, servisse para recepcionar um príncipe de mesma origem numa nova vida.

A multidão abriu caminho instintivamente, e os guardas aproximaram-se da carruagem imperial; era escoltada por outra tropa, cujo líder saudou Diego. O oficial respondeu a continência e a escolta original afastou-se levemente da carruagem. Contando silenciosamente até três para não parecer apressado, ele guardou a espada e alcançou o veículo.

Com um gesto controlado, Diego executou a honra que lhe cabia, abrindo a porta do transporte. O futuro príncipe consorte prontamente emergiu e, após receber uma saudação respeitosa do amigo, voltou-se e estendeu a mão para ajudar sua noiva a descer.

O noivo trajava uma farda de marechal, ostentando todas as suas condecorações. Destas, a medalha da Campanha do Marrocos encontrava correspondente no traje de Diego. Já a princesa vestia um alvo vestido rendado, e ornava-lhe os cabelos loiros uma grinalda de flores de laranjeira.

Ambos pareciam felizes. Talvez aquela fosse uma das raras vezes em que os casamentos arranjados entre a nobreza europeia resultariam em uma união de amor.

E, naquele momento, o único desejo de Diego de Grañena era que as tensões com o Paraguai e Uruguai, sobre as quais ouvira falar, não atrapalhassem a felicidade do casal.

CAPÍTULO XVI
Dias atuais

O eco dos passos nos degraus tinha um ritmo irregular e apressado, como se o homem que subia estivesse inseguro ou fosse presa de alguma irritação.

Quando chegou ao final do primeiro lance de escadas, ele viu que alguém o aguardava no pequeno saguão. Parou, o fôlego alterado pela subida.

– E então? – perguntou num tom realmente irritado.

– Boa tarde – foi a resposta que obteve. – Acho que lhe devo parabéns, não é?

O recém-chegado não respondeu. Perscrutava o rosto do outro e indagou, afinal:

– O que você quer? Por que me chamou aqui? Podia ter falado pelo telefone. Sabe que sou um homem ocupado, não tenho tempo para esta espelunca e nem para as suas...

Foi interrompido pela rápida ação do interlocutor, que abriu a única porta ao lado da escadaria no saguão e o empurrou para dentro dela.

Foram parar num grande salão, cheio de poeira e fracamente iluminado; luzes difusas invadiam as frestas nas venezianas das janelas.

Olharam-se com animosidade, e o que aparentava ser mais novo falou primeiro.

– Você não acha que já passou da hora de deixar as duas em paz?

A respiração do outro se alterou. Parecia conter intensa raiva.

– Isso – vociferou – não é da sua conta! Não se meta nos meus negócios, porque...

Uma risada cortou sua fala.

– *Seus* negócios? Sempre foram *dele*, essa é a verdade! Você simplesmente faz o trabalho sujo que *nosso amigo* exige.

A raiva explodiu no rosto do outro homem.

– Olhe aqui, só vim porque você disse que era urgente, mas esta conversa não vai dar em nada! Você não tem ideia da encrenca em que vai se meter se for contra *ele*. Fique fora disto!

Com um suspiro, o interlocutor chegou à parede e acionou um interruptor. Luzes amareladas encheram o ambiente. A enorme sala, vazia, ocupava todo o andar; ao fundo, via-se um alçapão de madeira no chão.

– Não posso *ficar fora disto*, foi você que trouxe a encrenca para cá! Bem debaixo do meu nariz! Pensou que eu não descobriria, não perceberia o sumiço das chaves? Mas eu tinha cópias, meu caro irmão.

E apontou para o alçapão fechado. O outro não reagiu, a princípio, mas, ao ver que seu interlocutor encaminhava-se para aquele canto, barrou-lhe o caminho.

– Já disse – murmurou, o rosto vermelho de raiva –, não se intrometa!

Ambos pareceram a ponto de duelar. Caso estivessem no andar de cima, onde espadas e sabres estavam disponíveis em seus suportes, ter-se-iam engalfinhado numa luta digna dos melhores esgrimistas dos filmes de capa e espada... Ali, porém, sem armas à vista, toda a tensão que os cercava rapidamente desaguaria em socos, confronto físico.

Isso, se um novo som não tivesse quebrado o clima pesado.

Passos. Alguém subia, com pressa, o primeiro lance de escadas.

Rio de Janeiro, Brasil, 1869

Já havia anoitecido fazia tempo quando Diego ouviu as batidas na porta. Em outro momento, ele as teria simplesmente ignorado, mas algo, talvez seu instinto de soldado, o fez levantar-se.

Não tinha de atender a porta pessoalmente, isso era função de seu criado. Entretanto, um pressentimento lhe dizia que devia aprontar-se. Assim, vestiu-se rapidamente e chegou à porta a tempo de assistir a cena: seu criado citava o horário avançado para tentar dispensar um mensageiro que insistia na urgência de sua missão.

O jovem espanhol interrompeu-os e ouviu cada um tentar explicar seu ponto de vista. Aceitou, porém, a mensagem; segundo o portador, ela deveria ser entregue apenas em mãos, e com urgência. Não escapou a Diego, no envelope, o lacre do selo pessoal do Conde d'Eu, seu amigo de longos anos, dos tempos em que o chamava de Gaston d'Orléans.

Respirou fundo e abriu-o.

O texto era direto, sem espaço para longas saudações ou explicações. Diego deveria apresentar-se, ao romper da manhã, perante o príncipe – no Palácio Imperial. Não era o convite de um amigo. Era a ordem de um comandante...

Com a Argentina e Uruguai, o Brasil havia formado a Tríplice Aliança; travava-se a guerra com o país vizinho, Paraguai. Tal conflito havia começado pouco após o casamento de Gaston com a princesa Isabel, obrigando o casal a voltar às pressas de sua lua de mel na Europa. Porém, por três vezes o imperador recusara os pedidos que o genro fizera, negando-lhe a ida para a guerra.

O príncipe consorte possuía altas obrigações no exército, mas devia exercê-las no Brasil, e Diego permanecera com ele.

Amanheceria em breve; adivinhando que não havia tempo a perder, Diego de Grañena voltou rapidamente ao quarto e vestiu o uniforme. Cingiu a espada antes de voltar à porta.

O mensageiro levou o oficial à mesma carruagem que o trouxera, e logo atravessavam, às pressas, as tortuosas ruas do Rio de Janeiro.

Foram recebidos no paço sem contratempos. O jovem oficial era esperado e foi conduzido sem delongas à presença do príncipe. Encontrou-o despachando um grupo de senhoras, que reconheceu como damas de companhia da princesa Isabel, herdeira do trono brasileiro.

Algumas delas estavam pálidas, duas tinham os olhos avermelhados, como se tivessem chorado. Diego estivera na presença da princesa por vezes suficientes para saber que eram verdadeiros tanto os relatos sobre sua personalidade caseira e encantadora quanto os que ressaltavam seu gênio forte. Era visível que, em uma total quebra dos protocolos que costumavam ordenar a corte, as damas haviam sido apanhadas no fogo cruzado de uma discussão do casal real.

Engolindo a indiscrição, o espanhol postou-se junto à porta e fingiu nada perceber.

O príncipe só pareceu notá-lo quando já fazia alguns minutos que as senhoras haviam saído. Uma pilha de papéis infestava a mesa atrás da qual Gaston se sentava. Os belos candelabros que iluminavam o aposento, naquele final de madrugada, pareciam compor um quadro – iluminação esta que, além de denunciar que alguém passara a noite acordado, trabalhando, também encobria parte do cansaço presente na voz de seu amigo e comandante, quando lhe dirigiu a palavra.

– Grañena, agradeço tua pronta resposta à minha convocação – começou o conde, pausando para dar tempo ao espanhol de assentir com a cabeça. Recomeçou: – Estiveste a meu lado no campo de batalha e fora dele. Em respeito à nossa amizade, serei franco.

Gaston fez nova pausa, como se calculasse as palavras, e prosseguiu de um único fôlego:

– Dias atrás, o imperador recebeu uma carta do Marquês de Caxias, renunciando ao comando das tropas na campanha do Paraguai. Hoje tivemos confirmação de que ele partiu do local, pretendendo

retornar ao Rio de Janeiro. Em segredo de Estado, confio-te que devo substituí-lo. Parto para o Paraguai em questão de semanas. E desejo que tu sigas antes de mim, para preparar minha chegada. Partirás amanhã, com um pequeno destacamento, rumo a Mato Grosso. De lá seguirás para o Paraguai.

Diego de Grañena apenas assentiu atônito e estremeceu. Várias vezes queixara-se da vida monótona na capital do Império Brasileiro. Agora, porém, não tinha certeza se apreciava a honra que lhe era feita.

Quase dez anos após a campanha em Marrocos, o oficial encontrava-se, mais uma vez, de partida para a frente de batalha. E sua mão direita, inconscientemente, apertou a empunhadura da espada que era sua herança – e que, segundo as lendas, teria estado em tantas frentes, teria ceifado a vida de tantos guerreiros.

Embora soubesse que, em seu tempo, as armas de fogo contassem mais que as armas brancas em batalha, ele sentia que aquela lâmina seria posta à prova, de novo...

Dias atuais

O homem mais velho tentou saltar de lado e ir em direção ao fundo do salão. O outro, porém, segurou-o pelo paletó; e ambos quase foram ao chão, no esforço que se seguiu.

– Podem parar por aí – uma voz autoritária soou da porta. – Polícia.

Um homem alto e forte entrara pela porta do saguão. Não sacara a arma, mas podia-se ver o coldre sob a jaqueta, ao alcance de sua mão direita. Atrás dele, ainda fora da sala, uma adolescente observava; e inclinou a cabeça ao reconhecer o sujeito mais jovem.

– Oi, seu Ricardo – disse. – Sou eu, a Gina. Falei com o senhor mais cedo, lembra?

Ainda segurando o outro pelas roupas, Ricardo a encarou, seu olhar indo do policial para a garota. Em seguida começou a falar, num tom angustiado:

– Não tive nada a ver com isso. Nada! – E, dirigindo-se ao outro: – Não tem mais como fugir. É melhor você contar tudo, Matias.

Este se soltou com um safanão e ajeitou o terno amarrotado. Olhou para os outros com desprezo e fungou.

– Não sei do que estão falando. Meu irmão me chamou aqui, não disse o que queria, e agora vem com essa conversa! Eu sou um homem muito ocupado.

– Lá! – exclamou Gina ao divisar o alçapão no fundo da sala.

Num instante ela corria e mexia na portinha de madeira, que rangeu ao ser erguida, com alguma dificuldade.

– Tem uma escada? – perguntou Sérgio, retirando a semiautomática do coldre com toda a calma do mundo. – Se tiver, não desça. Pode haver vigias no cativeiro.

Mas a impulsividade da garota foi mais rápida que a sensatez do policial. Quando Sérgio acabou de falar, ela já havia descido; e sua voz adolescente chegou a eles, vindo do andar inferior.

– Não tem ninguém aqui além dela! Tá deitada numa cama, dormindo. Parece normal...

Os dois homens congelaram onde estavam, olhando-se com raiva mútua. O silêncio que se fez foi rompido por uma voz que saiu do celular do detetive, ativo no bolso de sua jaqueta.

– *Positivo. Acionando o reforço. Estamos chegando.*

– Obrigado, Fabrício – o investigador clicou no próprio bolso, desativando o viva-voz. Dirigiu-se agora a Ricardo e Matias, num tom que não admitia réplicas: – Quanto aos senhores, devem me acompanhar ao distrito. Estão ambos detidos para averiguações sobre um sequestro e uma tentativa de extorsão.

•

O escritório do Banco Popular, localizado em uma rua secundária do centro da cidade, era mínimo: compunha-se de algumas salas no segundo andar de um edifício comercial. Assim que os dois jovens chegaram lá, Mauro apenas estendeu o recibo a uma mocinha que bocejava atrás do balcão de atendimento. Ela analisou o papel e digitou algo num computador ao lado.

– O senhor tem a chave? – ela perguntou, a voz sem qualquer emoção.

– Aqui – disse ele, mostrando a chavinha recuperada na caixa do avô.

A moça assentiu com a cabeça e respondeu simplesmente:

– Podem me acompanhar.

Dali passaram a uma sala comprida, escura e cheia de arquivos de metal antigos que cobriam as duas paredes laterais. No centro, meia dúzia de bancos de madeira escura nada convidativos formavam longa fila, como se estivessem à espera de que alguém se assentasse neles.

Com o recibo diante dos olhos, a mocinha localizou um número e mostrou uma das inúmeras gavetas que formavam o corpo dos arquivos. Então pediu, estendendo a mão:

– Dá licença?

Mauro e Gabi se entreolharam e ele entregou a chave nas mãos da garota. Com gestos mecânicos, como se passasse a vida fazendo apenas aquilo, ela introduziu a chavinha na fechadura e a girou. Um som de "clique" ecoou na longa sala.

– Está em ordem – declarou a funcionária do Banco Popular, parecendo cada vez mais entediada. – Terão privacidade, agora.

E saiu, sem pressa, deixando os dois ansiosos para conferir o conteúdo da gaveta de metal.

– Com os cumprimentos de Aníbal Augusto – brincou Mauro assim que retirou uma pilha de papéis amarelados, únicos ocupantes do cofre.

Gabriela não se deu ao luxo de apreciar seu senso de humor. Pegou os papéis, sentou-se em um dos duros bancos e começou a olhar as páginas, entregando-as a ele uma a uma.

– São fotocópias, parecem ter sido feitas a partir de livros antigos. Você consegue ler isto?

– É latim – concluiu o rapaz após analisar as primeiras. – Não entendo bulhufas.

– Teremos de levar pra casa, digitalizar e passar por um aplicativo de tradução – disse ela, levantando-se.

– Espere! – pediu Mauro, que, ao observar a última página, percebeu o que Gabi negligenciara. – Esta tem a mesma cor de papel velho, mas não é cópia de nenhum livro. É uma folha datilografada. Em português... Caramba, Gabi, é a tradução do texto em latim!

– E o que diz aí, Mau? Quer me matar de suspense?

Nervosa, ela tornou a sentar-se. O jovem arregalou os olhos quando começou a ler.

– É o relato de um historiador sobre o tempo dos romanos... Diz o seguinte:

A grande muralha, erguida por ordem do imperador Publius Aelius Adrianus, para impedir invasões dos pictos e de outros povos que viviam ao norte da Britannia, já não tinha o efeito de outrora, pois as fortificações não mais contavam com grandes centúrias em seu efetivo. Há relatos, como os do cronista grego Aethos Hyákintos, que recolheu histórias sobre várias famílias romano-britânicas, que dão conta de que a defesa da chamada Muralha de Adriano se fazia em grande parte graças a contingentes mistos. Nas afamadas legiões dos Césares lutavam homens de armas vindos de todo o mundo antigo conhecido. Em uma crônica sobre a política do Império na Britannia, o autor grego menciona usos e costumes da atual Nortúmbria, antes que aquelas terras deixassem de ser províncias romanas. Nela, digna de nota é a citação sobre uma peculiar espada, orgulhosamente exibida por um desses legionários não latinos, e que muito o impressionou. Tal lâmina havia, segundo as lendas, pertencido a um bravo guerreiro celta nos tempos da Guerra das Gálias; dizia-se que acabou sendo brandida em defesa do mesmo Império que seu dono original tentara rechaçar. Pode-se consultar esse relato e outras crônicas de Aethos Hyákintos na seção de manuscritos da Biblioteca Apostólica Vaticana, em Roma.

A menção à espada celta fez ambos arregalarem os olhos. Porém Gabriela baixou o rosto, reforçando em Mauro a sensação de que havia algo errado. Então ela pediu:

– Posso ficar com isto?

– Por quê? Você sabe que eu e minha irmã temos reunido material de pesquisa desde que descobrimos que nosso avô queria definir a origem daquele sabre de cavalaria. Este texto é mais uma peça para fechar o quebra-cabeça, e...

– Essa pesquisa foi minha avó que começou! – ela retrucou. – Vou fazer umas fotos do documento com o celular.

Mauro não ia negar. Contudo, antes que ela selecionasse o aplicativo de fotografia, o aparelhinho tocou. Atônito, o rapaz reconheceu na tela o número que chamava: era o do *seu* celular!

Ela atendeu ansiosa.

– Sim?... O quê? – e soltou a respiração que prendera, fechando os olhos. – Obrigada! Obrigada! Vamos já para aí. Tudo bem, vou passar pra ele.

Estendeu o aparelhinho a seu acompanhante.

– É a Gina, quer falar com você. Encontraram minha avó!

Arsenal de Guerra, Rio de Janeiro, 1921

As caixas de madeira empilhadas no pátio esquentavam, sob o sol inclemente que iluminava a chamada Cidade Maravilhosa. Apesar de suarem naquele calor, os trabalhadores não paravam de carregá-las. Alguns caminhões aguardavam, prontos a seguir do Arsenal para a Ponta do Caju; não haveria descanso para os homens enquanto sua carga não estivesse completa.

Um encarregado contava as caixas, conferia as referências e fazia marcas em uma prancheta antes de liberá-las uma a uma, para que fossem levadas.

Ele franziu a testa ao ver dois rapazes arrastarem displicentemente um dos caixotes.

– Ei! Tudo isso é valioso, é patrimônio histórico!

Os trabalhadores repreendidos desceram a caixa e tornaram a erguê-la, demonstrando mais cuidado. E o encarregado voltou-se para outro homem, que agora saía do Arsenal.

– Não, essa não! Está vendo a marcação em cor diferente?

O sujeito, confuso, parou onde estava.

– Disseram que toda a tralha tinha de ir pra Ponta do Caju...

– Essa aí não vai – retrucou o chefe, conferindo sua papelada. – Está no relatório: O lote 127 foi cedido a um tal Museu de História que fundaram recentemente... São armas brancas, espadas, nada de artilharia pesada.

– E onde eu ponho isso, então? – o trabalhador indagou, arfando sob o peso da caixa.

– Deixe no depósito. Deve ter outras com a mesma marca por lá. Acho que amanhã ou depois isso vai ser despachado para o museu.

O homem não discutiu. Aquela caixa era pesada, mas não era das piores. E tornou a entrar no depósito do Arsenal de Guerra, sob o olhar do encarregado.

DIAS ATUAIS

Para Gina, os acontecimentos daquele final de tarde transcorreram numa velocidade acima do normal, vertiginosa, assustadora – como se o tempo e o espaço tivessem sido alterados por alguma anomalia, como nos seriados de ficção científica que ela apreciava.

Sérgio havia algemado os dois homens. Fabrício, que logo chegara com a viatura e os investigadores da divisão de sequestros, os acompanhara ao distrito policial para as formalidades. Ricardo fora em silêncio, já Matias vociferava sem parar, fazendo ameaças a todos.

Os paramédicos vieram em seguida e constataram que dona Anita estava bem, apesar de dormir profundamente; devia estar sedada. Levaram-na para o veículo do resgate e ela nem reagiu ao ser transferida para a maca.

– No andar de baixo havia uma cama e, ao lado, uma mesinha com medicamentos, chá, água e utensílios domésticos – explicou Sérgio a Gabriela, assim que a moça se acalmou um pouco. – Eles a mantiveram sedada, parece ter dormido quase o tempo todo nestes últimos dias.

Estavam na rua, diante do prédio do clube de esgrima; a moça chegara com Mauro após a partida da viatura com os detidos; só relaxara depois de conversar com os paramédicos e constatar que a avó estava viva, e bem. O resgate seguira para o hospital mais próximo, porém Gabi ficara mais um pouco, a pedido do detetive, que fazia anotações para seus relatórios.

– Como eles conseguiram trazer vovó para cá, sem ninguém perceber? – perguntou perplexa. – E quem estava cuidando dela? Não ficou aqui sozinha o tempo todo!

O policial meneou a cabeça.

– Logo vamos perguntar a ela, quando acordar. Por enquanto, só pude observar o pó espesso que cobre o chão, e ali não há vestígios de violência. As pegadas são claras: entraram por uma das portas laterais e subiram pelos fundos, sem passar pela entrada do clube. Há marcas de sapatos femininos, os de dona Anita e de outra pessoa, mais as de calçados masculinos. O pessoal da divisão de sequestros chamou a Polícia Científica; vão fazer uma bela análise do local do cativeiro.

Gina, que escutava a conversa apoiada no carro do detetive, intrometeu-se.

– Eles vão tirar impressões digitais, e aposto que sei o que vão descobrir! Dona Anita não veio pra cá sozinha, veio com alguém em quem confiava, Gabi... E essa mesma pessoa tem vindo de vez em quando para trazer chá, sopa, e cuidar da dona Anita, além de fazer ela dormir.

A moça respirou fundo e olhou para Mauro. Concluíram juntos o que Gina insinuava.

– Dona Lurdes – o rapaz murmurou. – Nunca desconfiamos dela!

Sérgio não confirmou a hipótese, mas o brilho em seus olhos mostrava que concordava com aquela conclusão. Fitou Gabriela e voltou a atacar.

– Vai nos contar, agora, sobre a tentativa de extorsão? Sabemos que o suspeito tem estado em contato com a senhorita há um tempo. Trazer sua avó para cá foi uma forma de pressioná-la.

Os dois irmãos cravaram os olhos na amiga, que apenas suspirou.

– Sim. *Ele* me contatou há meses, exigindo que eu reunisse todo o material que vovó guardava sobre aquela bendita espada. Sempre mandava um capanga vigiar nossa casa... Também me mandou espionar os netos do seu Basílio, achava que a família tinha guardado a parte dele da pesquisa. Foi por isso que comecei a te seguir, Mauro. Antes e depois do roubo do sabre. Precisava reunir provas de que ele era mais valioso do que os técnicos do museu acreditavam. Nas últimas semanas eu parei de mandar informações e pedi para me deixarem em paz, não queria mais fazer o que mandavam. Mas *ele* não se conformou.

– *Ele* é um dos homens que foi preso? – indagou Mauro.

Gabi fez que sim com a cabeça. Gina se entusiasmou.

– Por isso eu achava que conhecia o homem da foto, o da inicial M! Foi ele que me deu uma bronca no dia da excursão do colégio, quando pus a mão na espada. É o irmão do seu Ricardo, o gerente do clube. Os dois faziam parte do grupo antigo de amigos do vô Basílio.

Sérgio completou:

– Sim, trata-se do senhor Matias Schklift, que trabalha no Museu de História e que foi recentemente promovido. Não será difícil provar que ele pagava dona Lurdes para vigiar a senhorita e sua avó, além do capanga que mencionou. Sabia de tudo que se passava na sua casa.

A moça estremeceu e Mauro a abraçou.

– Podia ter me contado, Gabi – disse baixinho. – A gente teria te ajudado.

– Vocês ainda não entenderam – murmurou ela em resposta. – É verdade que fui ameaçada e pressionada porque *ele* queria subir na vida e agradar o patrão, aquele crápula. Mas, no fundo, eu sabia que nunca faria mal nem a mim nem à vovó.

– Não dá para a gente ter certeza disso – retrucou Mauro.

– Dá, sim – ela continuou, com um sorriso triste. – Porque, vejam, Matias Schklift é meu pai.

•

Uma conversa a portas fechadas aconteceu no apartamento de Liana e Josias, pouco depois que a polícia científica chegou ao clube e Sérgio saiu de lá, levando Mauro e Gina para casa. Gabriela já fora para o hospital ver a avó, que retomara a consciência e exigia ir embora dali...

Ninguém soube o que foi dito lá dentro. Só Conan presenciou a reunião sigilosa da família com o detetive, ocasionalmente disparando um latido e babando profusamente nos sapatos de Sérgio, que não pareceu nem um pouco incomodado com isso.

Naquela noite, carros de várias emissoras de tevê estacionaram perto da esquina. Quem assistisse ao jornal local de uma delas, veria uma repórter indicar o prédio e dizer:

– No final da tarde de hoje, neste bairro, foi detido pela polícia, para averiguações, o jovem Mauro J. Ele é o principal suspeito do roubo de uma espada valiosíssima, pertencente ao acervo do Museu de História da cidade. O detetive encarregado do caso disse que não pode dar declarações sobre uma investigação em curso, mas assegura que o caso está praticamente resolvido.

Gabriela assistiu à fala da repórter na reprise do jornal, bem tarde da noite, depois que ela e a avó haviam deixado o hospital e retornado para a casa da Travessa Brevidade. Resmungou, sem notar que dona Anita, parada no corredor que dava na sala, a observava. Gina havia lhe telefonado e contado tudo o que acontecera, mas, mesmo assim, sentia o coração apertado. Mauro, preso!

– O que foi, minha filha? – quis saber a velha senhora.

– Nada, vovó – ela respondeu, desligando a tevê. – Volte pra cama! A senhora prometeu para o médico que ia descansar. Se ele souber que não está fazendo repouso, vai internar a senhora.

– Nem pensar! – disparou Anita, retornando ao quarto. – Detesto hospitais.

A neta foi acomodá-la na cama, e ainda a ouviu repetir o mesmo que dissera à polícia:

– Não sei por que tanta agitação. Eu só fui dar um passeio com a Lurdes e encontrei um velho desafeto, ninguém me maltratou nem nada... Você e os seus amigos não devem se culpar, foi o meu ex-genro, o Matias, que se enroscou com a lei. Não tem noção de certo e errado, aquele lá; eu disse isso pra sua mãe, mas ela estava apaixonada. E ele foi se pendurar naquele imprestável, o...

– *Psss*, chega de pensar nisso. Tente dormir – pediu a garota, sorrindo para a avó. – Já passou, está tudo bem, agora.

Dona Anita calou-se e fechou os olhos. Suspirou, murmurando:

– Eu sei, minha querida. Eu sei. De qualquer forma, ele é seu pai...

●

– Boa tarde, doutor Von Kurgan – disse a secretária, ao ver o patrão entrar na recepção dos escritórios da fundação. – Estávamos à sua espera desde hoje cedo!

– Uhum – foi a resposta mal-humorada do homem, já tirando o sobretudo e esperando que a moça o pegasse para pendurar no cabide.

Mais dois funcionários apressaram-se a vir recebê-lo. Um deles lhe entregou uma pasta, que ele pegou sem dizer nada, e o outro apenas se desculpou:

– Sinto muito incomodar a sua rotina, doutor, logo no dia que o senhor voltou da Europa; é que tem um policial à sua espera. Ele disse que marcou hora, por isso nós o deixamos entrar.

– Uhum – o patrão repetiu. – Recebi um aviso sobre isso, no aeroporto. Onde ele está?

– No gabinete. Tentamos fazer que esperasse na recepção, mas o detetive insistiu...

– Certo. Vamos acabar logo com esse incômodo. Tenho muitos problemas a resolver, é só me ausentar por uma semana que a papelada se acumula.

Jogando a pasta de volta às mãos do funcionário, ele mudou de rumo e foi para os fundos da recepção. Enquanto os empregados lhe abriam as portas, Valbert von Kurgan desfilou impávido pelo corredor até chegar a uma porta de vidro que ostentava os dizeres "Gabinete da Presidência".

Entrou, seus passos apressados pisando o tapete árabe. Estantes de mogno brilhavam sob as luzes indiretas, que destacavam algumas peças aqui e ali. Um homem as observava.

– Desejava me ver? – indagou, arrogante. – Aqui estou. Já nos conhecemos?

– Não pessoalmente – respondeu o investigador, que havia estendido a mão para cumprimentar o sujeito e ficou com ela balançando no ar. – Ahn... Sou o detetive Sérgio, trabalho na divisão de roubos e estive encarregado do caso da espada furtada do Museu de História.

– Ah, sim – bufou o presidente da fundação, jogando-se em uma larga poltrona de couro. – Vi a matéria sobre a prisão do jovem delinquente. Sente-se. Quer uma bebida?

– Não, obrigado, doutor Von Kurgan – o policial sorriu, mas não se sentou. – Minha chefia me incumbiu de colocá-lo a par do desenlace do caso, já que a sua fundação patrocinou a exposição no museu, assim como patrocina tantas causas culturais.

Com um ar de mártir, Von Kurgan abriu os braços.

– O que mais eu poderia fazer? Sou um cidadão consciente. É meu privilégio consolidar o trabalho da fundação na preservação dos bens culturais e, portanto...

Ele passou a repetir o discurso que fizera em Paris. Sérgio, assentindo com a cabeça, como era esperado de um subalterno, andou pela sala ainda a admirar os bustos de bronze que se destacavam entre quadros, porcelanas e livros em encadernações de couro com detalhes dourados.

– O senhor tem toda a razão – comentou quando o outro finalmente fez uma pausa. – E esta coleção é fabulosa! Os bustos de tantos personagens da História... Este, ao lado da efígie de Napoleão, é um imperador romano, não é?

– Aelius Adrianus – respondeu Von Kurgan. – Foi quem construiu a Muralha de Adriano, entre a Inglaterra e a Escócia.

– E este aqui, quem é? – perguntou Sérgio, indicando um busto que se localizava no canto mais escuro do gabinete.

– Não se ensina mais História do Brasil, hoje em dia? – resmungou o homem. – Este é o príncipe Gaston d'Orléans, o Conde d'Eu. Foi esposo da princesa Isabel, no Segundo Império.

– Ah! – o detetive soltou uma exclamação ao apertar um botão quase imperceptível na base de madeira que sustentava o busto de bronze. – Muito interessante. Ora, ora, o que temos aqui?

Ouviu-se um som mecânico. E, lentamente, a estante ao lado do busto do príncipe deslocou-se para a esquerda, abrindo uma passagem oculta. A abertura revelava uma ampla sala atrás do gabinete, cujo sistema de iluminação interno funcionou automaticamente.

Valbert von Kurgan arregalou os olhos e levantou-se de um salto, furioso.

– Como ousa?! Esta é uma propriedade particular! Saia já daqui!

– Na verdade – e Sérgio sacou um envelope do bolso da jaqueta –, tenho aqui um mandado judicial de busca e apreensão para este prédio e tudo que ele contém. O que inclui salas secretas por trás do gabinete da presidência.

O poderoso presidente da fundação engasgou. Ia chamar a secretária para acionar a segurança, porém um grupo de policiais civis entrou na sala. Atrás deles veio o detetive Fabrício – e, junto a este, alguém que Valbert vira recentemente na televisão.

– Mas é o... o ladrão – foi o que conseguiu murmurar. – O que está fazendo aqui?

– Olá, senhor Valbert – disse Mauro com um sorriso aberto. – Dona Anita mandou lembranças. Não, ela não está mais no cativeiro mantido pelo seu cúmplice, o senhor Matias. Isso não deu na tevê, mas eu e minha irmã descobrimos tudo sobre a espada e as suas outras falcatruas. Sabe quem somos, não é? Nosso avô se chamava Basílio. E, pelo que ouvimos dizer, nos anos 1960 ele sempre lhe dava umas boas surras no clube de esgrima!

Embora a ponto de ter um ataque, o homem tentou manter o sangue-frio e pescou o celular no bolso do paletó. Percebera que a prisão do rapaz fora um engodo... para que voltasse ao Brasil.

– Meus advogados sabem lidar com calúnias, rapazinho. Espere e verá.

Nesse momento Fabrício, que entrara na sala oculta, chamou:

– Sérgio, você precisa ver isto!

O detetive fez sinal a dois policiais para que se postassem junto à porta de entrada, impedindo a saída do presidente da fundação. Foi para a outra sala com Mauro bem atrás dele.

O cômodo era climatizado, bem mais frio que o gabinete. E lá, em outra parede cheia de estantes, todos viram o display de veludo vermelho que se iluminou com a aproximação deles.

Pendurada entre um retrato da Marquesa de Santos e uma gravura de Debret contendo cenas do Brasil colonial, estava a espada. Um sabre de cavalaria, que parecia ter passado por muitas aventuras antes de ir parar ali.

Mauro se aproximou e tocou a arma emocionado. Era linda!

– Isso – murmurou – pertence a um museu!

Ninguém o repreendeu por repetir o exato gesto de sua irmã, há semanas, no museu; nem por citar a frase de Indiana Jones no filme "A Última Cruzada". Em vez disso, a voz de Sérgio soou:

– Doutor Valbert von Kurgan, o senhor está preso, acusado de roubo de objetos históricos, suspeita de sequestro e formação de quadrilha, além de ser detido para a averiguação de vários crimes relacionados a corrupção e tráfico de influência. Queira acompanhar os policiais, por favor.

CAPÍTULO XVII
Dias atuais

— Dá pra parar com isso, vocês dois? – resmungou Gina, tirando os olhos do casal que se beijava no sofá.

Um olhar repreensivo de Liana fez Mauro e Gabriela se afastarem um pouco. Fazia pouco tempo que haviam assumido o namoro, e o entusiasmo andava transbordando.

Dona Anita riu baixinho. A velha senhora sentava-se em sua poltrona costumeira, na sala da casa da Travessa Brevidade. Fazia crochê – o interminável cachecol cor-de-rosa – e parecia divertir-se bastante com toda aquela gente em sua sala.

Além de Liana, Josias e os dois filhos, naquela tarde de sábado Ricardo também estava presente, sentado em uma cadeira afastada. Parecia mais envelhecido e bastante constrangido, apesar de tudo; fora inocentado de participação nos crimes e maquinações do irmão, porém ainda se sentia responsável. Afinal, ele era o gerente do clube de esgrima, onde Anita fora mantida por dias sem que ele e sua funcionária notassem.

— Acho que já vamos indo – começou Josias, levantando-se do sofá. – Agora que está tudo esclarecido, nossa vida vai voltar ao normal...

– Se é que isto é "normal" – murmurou Gina, levantando-se também e evitando olhar para o irmão e a namorada, que continuavam agarrados.

– De jeito nenhum – contestou a dona da casa. – Não vão sair sem tomar um chá ou café!

Como se a tivesse escutado, dona Lurdes veio da cozinha e declarou, um tanto sem jeito:

– O café está pronto. Posso servir?

A um gesto afirmativo de Anita, a mulher se retirou, para voltar com uma bandeja. Parecia extremamente tímida, e todos bem sabiam o porquê: responderia às acusações em liberdade, por insistência do advogado contratado pela própria Gabriela – Túlio, o amigo de Josias –, e ambas, avó e neta, quiseram mantê-la trabalhando ali. A pobre mulher se debulhara em lágrimas, jurando que Matias a convencera a ajudá-lo dizendo que era para o próprio bem da velha senhora.

Fosse verdade ou não, ela parecia apagada ao trazer o café com bolo para a mesa da sala. Trouxe ainda uma chávena de chá para dona Anita e uma caneca de chocolate quente para Gina. A adolescente e seu irmão eram presença constante ali, desde a prisão de Valbert von Kurgan e Matias Schklift, e ela já sabia de suas preferências.

Foi Gabriela quem ergueu a xícara de café esboçando um brinde:

– Ao Mauro, que foi muito corajoso, fingindo ser preso para enganar aquele bandido!

O rapaz sorriu modesto.

– Foi tudo um plano dos detetives Sérgio e Fabrício, gente... Eu só concordei.

– Mesmo assim, foi sensacional! – concordou Gina, erguendo a caneca de chocolate já meio vazia. – Viva o Mau!

– Devíamos ter convidado os detetives – entusiasmou-se Anita, tomando um gole de seu chá. – Aqueles dois rapazes são ótimos.

– Sim – concordou seu Ricardo, sorrindo. – Policiais como eles até fazem a gente voltar a acreditar na justiça.

Ficaram em silêncio, enquanto dona Lurdes servia bolo a todos. Liana e Josias trocaram um olhar de desaprovação, pois nenhum deles apreciava Ricardo – mesmo que Gina tivesse explicado, à exaustão, que ele não tinha culpa alguma; quando lhe telefonara, imaginava que tivesse, porém a ação do gerente do clube revelara o contrário. Ele se angustiara ao descobrir o sumiço das chaves dos andares inferiores e resolvera que era hora de enfiar um pouco de juízo na cabeça do irmão, chamando-o para um confronto – o que propiciara a chegada de Sérgio na hora H e a descoberta de toda a trama.

Nas semanas anteriores, Gabriela havia revelado que de fato Matias era seu pai, embora ela não usasse seu sobrenome. Dona Anita tivera uma única filha, a quem ele namorara, nos tempos em que a mãe deixara de frequentar o clube. Mesmo afastada de Basílio, após os casamentos de ambos, Anita nunca apreciara Schklift ou Von Kurgan, que sempre haviam menosprezado a ela e a seu velho amigo, desdenhando das pesquisas de ambos. Após o nascimento da neta e a morte da filha, por complicações no parto, a avó recebera a guarda de Gabriela.

O pai nunca fora ligado a ela. Sumia durante meses, para aparecer apenas quando precisava de dinheiro. Anita o recomendara para o emprego no Museu de História; agora, porém, todos sabiam que fora Von Kurgan que conseguira isso, com a intenção de ter um aliado lá dentro. Fabrício descobrira que a Polícia Federal, em contato com a Interpol, já desconfiava de que, desde os primórdios da fundação, ele usava a instituição para lavagem de dinheiro e receptação de obras de arte e artefatos históricos roubados.

– Ah! – exclamou a dona da casa, pousando o chá na mesa e pegando algo na cestinha de crochê. – Ia me esquecendo. Recebi ontem uma carta de Amália! Voltamos a nos corresponder, vocês sabem. E as coisas estão indo muito bem... Ouçam isto.

Ajeitando os óculos, ela leu:

Cara amiga, após os recentes acontecimentos, ficou claro que Von Kurgan sempre acreditou que a espada era mais antiga do que aparentava, como tu e Basílio defendiam. Teu dossiê sobre a arma, reunido pelos jovens que me descreveste, já está comigo; enviei uma cópia ao meu colega do instituto.

A teu pedido, comuniquei-me com a nova diretora do Museu de História de tua cidade. Conversámos sobre o envio do sabre a um laboratório aqui na Europa. Há os custos, óbvio, porém meu colega acredita que obterá patrocínio do Instituto Calouste Gulbenkian para investigar a arma, e as despesas para o museu serão mínimas.

Pretendo acompanhar em pessoa todas as etapas da pesquisa, e podes estar certa de que tudo te será comunicado.

Para começar, não nos parece possível determinar a época exata em que a lâmina foi forjada. Contudo, desencavamos alguns raios X antigos – estavam no cofre da Fundação Von Kurgan e a polícia nos repassou. As imagens já mostravam que dentro do cabo atual parece haver fragmentos de outra madeira, mais antiga, provavelmente pertencentes a um cabo anterior da espada. Isso nos propicia pedir exames de datação em amostras desse material, que determinarão se tal madeira é originária da era viking, como suspeitámos.

Além disso, todos os especialistas – incluindo-se aí tu e o Basílio – asseguram que originalmente a lâmina era dupla, aplainada em um dos lados até restar um só gume.

Se tais suspeitas se comprovarem, provaremos não só que a espada provém no mínimo desse período, como, por sua forma exata não ser o padrão daquela época, levanta a possibilidade de ser ainda mais antiga.

Talvez eu e tu jamais saibamos a idade exata deste sabre. E, mesmo assim, cara amiga, nossa intuição está a ser corroborada pelos documentos encontrados...

Concordo contigo em que ela possa ter origem na Gália, na época dos celtas.

Após o café com bolo, o casal e os filhos se retiraram. Antes de sair, Gina abraçou longamente dona Anita; conversaram um pouco em voz baixa. Mauro e Gabi estranharam aquilo, mas nada disseram. Logo Ricardo se despedia também.

Enquanto dona Lurdes retirava a louça usada, Gabriela dirigiu-se à avó:

– O que foi que a Gi cochichou com a senhora, hein? É algum segredo?

Um sorriso leve surgiu no rosto de Anita.

– Nada secreto, minha filha. Ela só me fez uma pergunta indiscreta. Queria saber se eu fui apaixonada pelo avô dela...

– E qual foi a sua resposta? – Gabi não pôde segurar a curiosidade.

– De que sim. Durante um tempo amei Basílio, e acho que fui correspondida. Mas a vida nos separou. Nos anos 1960, uma união entre pessoas de cores diferentes não era bem-vista. A viagem dele foi um ponto final... E acabamos sendo felizes em nossos casamentos, depois.

– Não se arrepende de não terem continuado juntos?

– Não me arrependo de nada, querida. Tive uma vida plena, apesar de minha carreira ter sido cortada pelo preconceito e pelo machismo desta terra – olhou a neta nos olhos e buscou sua mão, que apertou. – Você não pode ceder a isso, Gabriela. Nunca deixe que a sociedade impeça que seus sonhos e que seus planos sejam podados pelo fato de ser negra ou de ser mulher...

A moça retribuiu o aperto de mão e beijou a avó no rosto.

– Nunca, vovó! E agora, quer alguma coisa? Mais chá? Mais bolo?

De súbito, o olhar da velha senhora se tornou um tanto confuso.

– Na verdade... preciso de ajuda – disse. – O que era, mesmo, que eu queria? Ah, sim. Quantos pontos eram? Não consigo me lembrar.

– Trinta, vovó – respondeu a garota com um sorriso triste. – Trinta pontos em cada carreira.

E ficou observando, enquanto dona Anita retomava a agulha e continuava a tecer seu infinito cachecol cor-de-rosa.

Museu de História, 1962

O rapaz não conseguia tirar os olhos da vitrina. Não ligava para as que tinham cobertura de vidro, o que fazia as joias e medalhas reluzirem mais, com a iluminação da sala. Aquela que chamava sua atenção era forrada de veludo vermelho e expunha espadas, baionetas e sabres.

Uma moça de cabelos *black power*, que aparentava uns vinte anos, entrou na sala de exposições e mostrou-lhe uma folha de papel.

— Aqui está, encontramos o recibo de entrada deste lote. Chegou aqui pouco após a inauguração do museu, nos anos 1920...

Ele sorriu, tocando de leve a empunhadura de uma das armas expostas.

— Não é linda?

A recém-chegada concordou com a cabeça e leu o que dizia um cartão colocado na vitrina.

— "Sabre de cavalaria de lâmina reta. Teria pertencido a um oficial brasileiro que lutou na Guerra do Paraguai, no Segundo Império. A lenda diz que poderia ter sido usada pelo famoso Conde d'Eu, príncipe consorte da princesa Isabel". O que você acha, Basílio?

— Não sei, Anita. Parece ser bem mais antiga. Minha intuição diz que tem muita história por trás dessa lâmina...

E seus olhos brilharam mais que as joias nas vitrinas, quando ele a fitou e propôs:

— Você me ajuda? Vamos tentar descobrir mais?

Dias atuais

Naquela noite, Gina teve outro sonho com o avô. Viu Basílio em seu apartamento, parecendo muito satisfeito. Andava pela sala, olhando fotografias em porta-retratos na parede. Num deles, a foto de seu casamento. Noutro, Liana e Josias abraçados. No maior deles estavam ele, a esposa, o casal e os dois filhos, Gina e Mauro, bem pequenos. Finalmente, havia uma fotografia – nova, para a adolescente – retratando Mauro e Gabriela.

Ela acordou bem cedo, com as imagens do sonho vívidas em sua mente.

Quase podia ouvir, mesmo acordada, um eco da voz do avô, que dizia:

– Agora você sabe parte da história daquela espada. E sabe qual é a sua missão: descobrir mais. Porque é você, minha neta, que um dia vai contar essa história. Para o mundo.

Gina ouviu Conan latir lá na cozinha e bocejou. Levantou-se. Era sábado, um dia livre.

Estava doida por um leite com chocolate.

E depois... visualizou uma tela branca no processador de textos do computador. Sentiu que seus dedos estavam ansiosos por digitar.

Tinha uma história para contar.

EPÍLOGO
Uma aldeia na Gália Transalpina, 82 a.C. Inverno

A neve caía do lado de fora, cobrindo de branco a vila fortificada. Era o começo da manhã, mas naquela época do ano a escuridão se fazia mesmo em meio ao dia.

Naquele momento, a forja estaria em silêncio, não fosse pelo ronco de seu ferreiro. Tendo terminado a espada no meio da noite, Maronartos dormia pesadamente, encoberto por peles, parecendo um urso a hibernar. Um ronco ritmado a que logo se somou o barulho de passos.

Um par de botas rumava para a oficina e produzia ruídos, apesar de a neve fofa abafá-los até certo ponto. O dono das botas era tão alto quanto Maronartos, e quase tão forte quanto ele. Seu porte apresentava, porém, mais graça; era alguém que aprendera o valor da agilidade em batalha.

Afastando uma pele de animal ali pendurada, que cumpria a função de porta, Isarnogenos avistou o ferreiro. Encontrava-se deitado a um canto e iluminado pelas brasas – que ainda queimavam na pira usada para temperar a espada.

Acordou-o com um cutucão e Maronartos ergueu-se contrariado, mas seu mau humor passou ao recordar que o outro já o recompensara fartamente pelo que vinha buscar. Conduziu-o a um canto em que havia um comprido baú de madeira. De dentro dele, retirou o embrulho que entregou ao visitante. Este mal se conteve, abrindo-o depressa para revelar o que havia dentro.

A espada.

Saíram ao ar livre, buscando mais espaço. O guerreiro testou a força e o balanço da lâmina. Ela respondia de forma soberba, movendo-se com precisão. Não era pesada, mas tinha massa suficiente para um golpe potente. Seu equilíbrio era perfeito.

– É uma ótima espada, Maronartos! A melhor que já fizeste.

– Sim – assentiu o ferreiro sem falsa modéstia. – É minha obra-prima. Esta espada verá muitas batalhas.

Apesar do dia escuro, estranhamente um raio de sol atingiu a lâmina brilhante. De súbito, os dois homens pareceram ver reflexos a mover-se na superfície espelhada...

Imagens de pessoas estranhas, de terras e até de épocas distantes. Guerreiros em vitória e derrota. Batalhas, sangue e dor. Mas também esperança, coragem e bondade. Pessoas lutando para proteger aquilo em que acreditavam e aqueles que amavam.

– Muitas batalhas, tu dizes? – indagou o guerreiro, antes de completar inspirado: – Sim. Esta espada será empunhada por homens de grandes feitos. Eles serão lembrados em canções... E ela deixará sua marca na História.